Un autre big-virus, Internet brisé, une femme à Élysée…

Roman fiction

Du même auteur

– Le garçon qui dessinait des Baobabs
Ed :Édition libre – 2010

– Levez vos ardoises !
Ed :La Maison d'Édition – 2010

– Ça tangue sur l'île aux Nattes
– et l'île de Sainte-Marie
(à Madagascar) Ed :du Net et Mon Petit Éditeur – 2013

– Les Condisciples du Pentagone
Ed : Presses du Midi – 2015

–. Une étonnante diaspora libanaise,
les 'enfants' de Rafic Hariri : Ed : Complicités –

En politique il faut toujours laisser un os à ronger aux frondeurs.

Joseph Joubert (les carnets 1754-1824

Août 2022

Avertissement

Dans ce livre, toutes ressemblances avec certains personnages existants ne seraient que pure ou fortuite coïncidence. Ou encore, les fruits d'une imagination débordante…

Quelques noms de personnes et de sociétés sont volontairement modifiés pour égayer le texte.

L'auteur est conscient qu'il s'est accordé quelques libertés avec les faits et évènements qui vont se précipiter dès la disparition du Net. Pour les esprits scientifiques chagrins, ils trouveront les détails précis du pourquoi et comment toute cette technologie high-tech a chuté.

Il n'est cependant pas exclu de trouver quelques fantaisies…

Nous sommes en 2022…

Voici des nouvelles de la France, lesquelles ne sont pas très bonnes…

Depuis 2019/20 tous les trois mois un nouveau variant du virus Sars-coV-2 apparaît et fait rebondir la crise sanitaire dans le pays. Alors, pour tenter d'éteindre complètement la dissémination de cet affreux virus Covid 19, dont on n'ose plus donner le chiffre de victimes, la Chambre des députés et le Sénat ont décidé en décembre dernier, d'imposer la vaccination obligatoire pour tous les Français.

De plus, alors que nous devions en 2022 procéder normalement à l'élection du Président de la République, celle-ci vient d'être annulée de toute urgence pour des raisons sanitaires et de désorganisation administrative de l'État. Devant la succession des rebonds et des confinements de la pandémie du Sars nous vivons dans un régime politique instable, avec des contraintes et des interdictions alternatives qui déstabilisent tous les Français…

Malgré ces décisions énergiques, il n'en reste pas moins qu'une petite fraction de contestataires en tous genres, *les anars, les antivax, les gilets jaunes, les extrémistes de tous bords,* mais aussi de ceux qui n'en peuvent plus des confinements et restrictions, des interdits, du masque, des politiciens et tous ces gens rechignent à se faire vacciner. Des rassemblements et défilés battent régulièrement le pavé les samedis même pluvieux…
Cependant à part quelques débordements et épiphénomènes qui

énervent les forces de police, la société française semble retrouver un peu de sérénité, d'autant que l'économie et l'emploi, les écoles et les facultés refonctionnent.

Mais le peuple sans trop se l'avouer s'interroge sur son avenir sanitaire, social et moral, car encore chaque mois les médias nous apprennent l'apparition d'un nouveau variant et qu'une ville, une région, un pays décident de se confiner de nouveau.

De plus, le dérèglement climatique s'affirme chaque jour et fait apparaître des catastrophes monstrueuses sur toute la planète et cela contribue à amplifier les craintes des populations.

Récemment, un philosophe renommé et teinté économiste qui était l'invité de l'émission *La grande librairie*, répondait à la question pertinente de l'animateur :

– Comment voyez-vous l'après Covid et sa pandémie ?

Sa réponse malicieuse fut :

– Comme avant, mais en pire !

Ce soir-là, nous étions des millions devant nos écrans à sourire jaune… Sans trop comprendre sans doute l'avenir sombre qui peut être nous attendait !

Dans les hôpitaux français.

Dans tous les hôpitaux, la situation sanitaire est bien contrôlée par les autorités médicales. Certes, le Covid n'est pas éradiqué puisque la vaccination est imparfaite, mais les urgences ne sont plus submergées comme les deux années précédentes. Reste que l'après-pandémie aigüe est très compliquée psychologiquement et qu'il faut s'occuper des nombreux traumatismes et des dépressions. Il semble que la moitié des soignants soient encore en thérapie ou suivi psychologique individuel ou en analyse transactionnelle.

Dans tous les services, les départs des soignants ont été nombreux et pour ne pas augmenter la crise par une pénurie de personnel, le gouvernement en accord avec un syndicat autonome a décidé d'ajouter une année supplémentaire à tous les cursus médicaux (médecins, infirmières et autres paramédicaux). Désormais, tous les étudiants de dernière année devront obligatoirement effectuer les onze mois (le mois de vacances se prenant après) suivants dans une structure médicale hôpitaux et cliniques. L'année en question est naturellement bien rémunérée et une appréciation sera délivrée. Contre toute attente, le Conseil d'État a donné son accord prétextant que contrairement aux autres cursus universitaires, les études médicales sont gratuites et qu'en échange ces étudiants pouvaient donner à la Nation une année de service médical civique...

Sur le plan purement médical et technique, la situation de crise covid s'est atténuée, même si tous les services fonctionnent avec un personnel réduit. Un très vaste programme de formation accélérée devrait permettre de retrouver des effectifs normaux sous deux ou trois ans, sauf pour les médecins dont le cycle des études plus long demandera plus d'années. En attendant, nous faisons largement appel à Cuba, qui nous le savons depuis des décennies, dépanne médicalement la planète avec son armée de médecins efficaces et mobiles. Les Cubains sont d'ailleurs fiers de leur slogan : « Nous, on n'a pas de pétrole, mais nous avons des toubibs !»

Dans les structures médicales, pour éviter les opérations administratives, les contrôles sanitaires et les intrusions, toutes les entrées du personnel se font à la mode chinoise... c'est-à-dire, par un tunnel sophistiqué équipé de reconnaissance faciale. Cela permet de valider que le soignant qui se présente est bien vacciné, sans fièvre, n'a pas effectué trop de gardes et d'autres paramètres non divulgués…

Notons que dans bon nombre de grandes entreprises et d'administrations, cette technique du contrôle au faciès est mise en place. Évidemment des syndicats, des partis politiques, des associations et tous les contestataires et pro-libertés sont vent debout, devant cette intrusion des employeurs dans l'intimité relative, mais personnelle de chacun !

Une jeunesse désemparée…

Mais un autre sujet, lui aussi planétaire, vient d'apparaître et de s'ajouter aux différents rebonds de la pandémie mondiale.
L'élément déclencheur initial est l'échec retentissant de la récente COP 26, qui est encore dans tous les esprits. D'autant, que trois jours après Glasgow les médias nous apprenaient qu'Airbus venait de recevoir une jolie commande de 255 avions pour 33 milliards... Bonjour le futur climat !

Mais aussi que les banques et les GAFAM ont bien profité des confinements de la pandémie, pendant que toutes les nations se cherchaient des finances et du personnel pour nos hôpitaux. Pas de doute, le capitalisme forcené est déjà de retour et le grand dérèglement climatique passe en mode accéléré… Des peuples déjà dans la pauvreté vont être submergés par les eaux, la famine va s'intensifier et accroître l'immigration vers les pays favorisés.

Dans un premier temps, la jeunesse a assisté muette à la débâcle de Glasgow, elle est maintenant choquée par l'incapacité manifeste des hommes politiques du monde entier à agir pour assurer aux jeunes un *futur dans un climat vivable.*
Trop, c'est trop… Alors, animés par leurs professeurs, mais aussi par des leaders de grandes écoles et des écologistes, les jeunes s'engagent dans la ritournelle *bla bla bla* de la figure de proue Grata Thunberg, pour laquelle ils réclament le Nobel…

La volonté de s'emparer du sujet *climat 2050* et d'entrer dans l'action est prise au printemps, avec comme première décision de refuser toute ingérence des partis politiques dans leurs choix. Dans chaque lycée, dans les facultés, dans les ateliers naissent des comités et associations qui se répandent et échangent à l'international sur les réseaux sociaux. Des appels à manifester dans la rue se font chaque mercredi après-midi.
Sans le crier, c'est trop tôt... Certains pensent aussi à l'Assemblée nationale ou aucun représentant des 18/23 ans n'est présent…

Quid des Jeux olympiques de Paris ?

Depuis les derniers jeux de Tokyo, la France se prépare à recevoir le monde sportif en 2024. Cependant, l'ombre du Covid et des derniers jeux sans spectateur continue à planer dans tous les esprits. Dans les fédérations sportives, on s'active et on se prépare sous la tutelle d'une nouvelle Agence française du sport qui après Tokyo a été créé pour remettre de l'ordre dans l'État sport.
Mais y croit-on réellement encore ?

Au point que le gouvernement a demandé un grand débat sur la pertinence de maintenir les jeux de Paris en 2024. La question est aussi posée aux deux Assemblées nationales et le Chef de l'État envisage un référendum pour que les Français l'aident à la décision finale.

La France envisage aussi de faire des JO à moindres frais, plutôt que de faire des jeux à quelques 10 ou 15 milliards comme les pays précédents. Cela consisterait à ne pas construire de nouvelles structures sportives et d'utiliser pour toutes les activités les installations existantes en France. Ainsi les jeux ne favoriseraient plus certaines villes et régions, mais se dérouleraient en temps réel sur toute la France. On afficherait ainsi un esprit plus démocratique, plus économique, plus écologique et cerise sur le gâteau il germe l'idée que les prochains jeux de France soient réservés uniquement aux sportifs amateurs issus de clubs et d'associations sportives. Cela engendrerait la disparition du grand business sportif, avec le mélange actuel indécent de sportifs riches et désargentés, des produits dopants, des sponsors fortunés et on imagine Pierre de Coubertin se retournant dans sa tombe heureux et souriant !

Il n'en reste pas moins que l'État français sans trop l'avouer et surtout l'afficher, a mis au point une hypothèse d'annulation partielle ou totale, si au dernier moment la pandémie reprenait de la vigueur avec un nouveau variant tout aussi actif que le dernier Delta3b.

En conséquence de quoi, trois décisions importantes sont confirmées par décret par le gouvernement de la France:
1. – De reculer les élections présidentielles en mai 2023.
2. – Pour des raisons sanitaires, la date des JO de Paris sera confirmée ou infirmée qu'en juin 2023.
3. - De débaptiser les JO de Paris en JO de France.
Et là, sur ce dernier point qui enlève du prestige à Paris et aux fiers Parisiens… On voit bien que rien n'est gagné !

D'autant que Nike n'a pas encore donné sa bénédiction à ces idées originales…

Quelques mois après…

Avec le nouveau réseau de téléphonie 5G ultra rapide, le Net, la Toile, le Web, Internet, tous ces vocables ont repris leurs courses infernales et ont envahi la planète entière. Le monde entier baigne dans des ondes électromagnétiques, des nombreux courants porteurs, des Wi-Fi, des *hotspots* en ville et des satellites géostationnaires dans les cieux.

Tous ces systèmes sont fabriqués et gérés par les Chinois, mais ils viennent d'être rachetés par les Indiens. Notons au passage que les chercheurs et la faculté de médecine ne se sont toujours pas prononcés sur les expositions à long terme de toutes ces ondes sur la race humaine. Sans même oublier le lourd bilan carbone de ces réseaux mis en évidence par les écologistes…

Le *Google* USA et le *Tictoc* Chinois gouvernent le monde commercial et financier, *Facebook, Instagram, Twitter* et bien d'autres nouveaux ont avalé tous les médias et règnent en maîtres absolus. *Netflix* lui, a déjà dévoré le monde des écrans, des images et de la vidéo.

Malgré les récentes crises internationales sanitaires, financières et sociales, cela ne s'est traduit que par une petite récession économique, une faible augmentation du chômage de masse et une évolution technologique légèrement freinée. Finalement, dans l'Europe, notre pays s'est curieusement et rapidement redressé depuis l'an dernier. Le capitalisme mondial semble tenir bon... Et il apparaît avoir encore de beaux jours devant lui, mais jusqu'à quand ?

Ou est-ce le dérèglement climatique qui s'annonce plus rapide que prévu et serait le seul à pouvoir le faire chuter ?

Reste néanmoins qu'avec tous ces évènements qui secouent la France, les hommes politiques ont perdu toute crédibilité, même s'ils continuent leurs joutes stériles pour tenter de sauvegarder quelques miettes de pouvoir local... **Et puis, et puis...**

En France, un dimanche du mois de mai 2023, un soir d'élection présidentielle, les éclairages progressivement baissent et finalement s'éteignent tous. Les écrans, les icônes des *iPhones* et des *Galaxy* et autres bijoux de la haute technologie disparaissent durablement...

Alors, le ciel tombe sur la tête des Gaulois !

2023, l'année des élections…

Un dimanche matin en Normandie, en ce jour de fin d'hiver, dans une journée froide, les Français sont invités à voter consciencieusement et en nombre pour se choisir un nouveau Président de la République.

La curiosité du jour, contrairement aux décennies précédentes, c'est qu'à douze heures plus des deux tiers des électeurs se sont déjà déplacés vers les urnes ou les machines à voter devenues majoritaires en France.

En effet, au fil des années, le devoir républicain s'étiolait dangereusement et en début septembre 2022, dans une soirée républicaine chaude au Palais Bourbon, un député socialiste inconnu a osé déposer par surprise un amendement rendant le vote obligatoire aux Français. La deuxième surprise fut que contre toute attente cette proposition a été approuvée par de fortes majorités des deux Assemblées de la République. Il est évident que cette décision ajoutée à l'obligation de vaccination a secoué la France et en particulier l*es réfractaires et les contre tout*.

Le peuple bien que fatigué après ces années de crise sociale et économique semble bien décidé une nouvelle fois à défier les partis politiques et considère que le pouvoir politique a mal géré les années de pandémie. À ses yeux, les édiles ne tiennent pas leurs promesses et ne remplissent pas correctement leurs mandats, d'autant que les procès d'hommes et de femmes politiques fleurissent depuis une dizaine d'années. La Cour de justice de la République devenant également de plus en plus active…

Dans les villages perdus de la Normandie, là où dans l'histoire les gens votaient centriste, voilà que depuis vingt ans les élus sont de droite. Aujourd'hui, c'est à nouveau une journée citoyenne qui semble déplacer enfin presque tous les inscrits de la liste électorale. Sur le perron de la mairie, quelques électeurs dont certains sont encartés politiques, débattent sur la grande décision d'avoir pris l'initiative de rendre obligatoire l'acte de voter. On pensait bien depuis des années à la nécessité d'une telle mesure, mais on se demandait quel pouvoir politique aurait le courage de mettre en place cette mesure pourtant urgente, qui ressortait après chaque élection et s'évaporait dès le lendemain…

À 13h, centrale de Fessenheim.

En arrivant en ce début d'après-midi pour prendre son service, Olivier Durand a poussé la petite porte de service de la gigantesque salle des machines. Là, sous seize mètres de plafond et cent-vingt mètres de long, le bruit sourd et intense lui a sauté au visage et provoqué une émotion rituelle, comme peut-être un artiste entrant sur scène chaque soir sous un tonnerre d'applaudissements. En habitué des lieux, Olivier a néanmoins stoppé sa marche juste deux secondes, balayé la salle du regard, tendu l'oreille pour valider qu'il n'y avait aucune anomalie sonore perceptible dans ce grand fracas ambiant de soixante-dix décibels.

Puis reprenant sa longue foulée, l'homme a vérifié qu'aucun collègue ne s'affaire autour des énormes machines que sont les turbines à vapeur, ni même au chevet des alternateurs mammouths. Rassuré par ces indices qui lui prédisent une prise de fonction douce et peut-être une fin de journée bien calme, il a traversé sereinement toute la salle des machines. À l'extrémité, la grande porte vitrée de la salle de commande semble l'avoir reconnu et s'est ouverte automatiquement. Après tant d'années de métier, le presque zéro bruit d'une salle de télécommande remplie d'électronique, d'appareils, d'ordinateurs et d'écrans, le surprend encore. Juste le temps de saluer la compagnie, de blaguer avec ses collègues qui sont sur le départ, il lui faut maintenant ouïr le briefing de la passation des consignes qui peut prendre un petit moment. Pour s'immerger et déjà se brancher totalement sur toute cette technologie déjà âgée, il lui faudra un dernier geste, celui de revêtir sa blouse blanche de technicien qui lui donne de l'allure.

Dans cinq minutes, Olivier aura visualisé de loin ou de près tous les cadrans et voyants principaux de son pupitre de sept mètres de circonférence. Le voici maintenant installé dans le fauteuil de chef de conduite de la tranche 2 de Fessenheim, au volant de toute

cette machinerie d'une puissance de la bagatelle de neuf-cents Mégawatts. À ses côtés les deux hommes rondiers sont fin prêts à intervenir, devant lui le micro sur pied attend ses ordres, il fait sa première prise de paramètres et son premier relevé des trente points critiques de mesures.
En somme, il prend la température et le pouls des entrailles de ce monstre technologique, qu'est cette vieille centrale nucléaire.

17h, dépouillement en mairie.

Dans la petite mairie de Saint Pierre de Manneville près de Rouen, elle aussi bien fréquentée, la journée a été belle, pour encourager les Français au vote. L'heure du dépouillement est proche et l'on commence à se presser autour de la longue grande table municipale. Alors, le maire Raymond se lève, devient très sérieux tout en se ceignant de son écharpe tricolore. Il commence à énumérer les instructions à ses douze élus et aux six scrutateurs des partis politiques. Manifestement, il vient de sauter dans son costume d'officier de police, son sourire a disparu, son verbe haut et accentué *d'arRouen* fait place à une voix bien posée et administrative.

Les villageois qui patientaient devant la mairie remplissent maintenant la salle municipale devenue trop petite, obligeant les deux policières municipales à entrer en action et à faire respecter les distances fictives de sécurité avec la table de dépouillement. Dans quelques minutes, derrière la grande table du conseil municipal, le secrétaire de mairie sera le grand chef d'orchestre du dépouillement qui est encore manuel, les adjoints ainsi que trois conseillers ouvriront les plis, compteront les votes, répartiront les voix, feront des petits paquets de centaines, écarteront les bulletins nuls, et finiront par les totaux. Le maire, à dix-huit heures précises, deviendra alors une véritable tour de contrôle pendant toute la durée des opérations. Debout à l'extrémité de la table, le visage fermé, le regard perçant et inquisiteur balayant de gauche à droite sans cesse la table, il surveillera tous les gestes et les paroles des acteurs jusqu'à ce que le secrétaire de mairie lui tende la feuille des résultats et le procès-verbal à signer. Sa signature clôturera ainsi cette énième journée d'élection nationale. Même si après la première centaine dépouillée, certains affichent déjà des sourires, d'autres des grimaces, d'autres encore une totale indifférence, admettons déjà que toute cette procédure républicaine est bien rodée. Il est vrai que la petite équipe municipale de Raymond à la manœuvre exécute actuellement son troisième mandat.

18h, tranche N°2

Olivier, le chef de bloc et ses collègues, viennent tout juste de terminer leur pause collation, dans deux heures ils seront relevés par l'équipe de nuit. Il en est de même à l'autre extrémité de la gigantesque salle des machines pour les collègues de la tranche 1.

Ce dimanche a été plutôt calme, pas de manifestations d'écologistes dans les parages. Est-ce la belle journée qui les a découragés de manifester ?

Alors, toutes ces bonnes raisons n'ont pas laissé trop de regrets aux ex-agents EDF devenus récemment Électricité de Vinci EDV (après une OPA en douteuse), d'assurer leur service le Week-end.

Pour eux, travailler par roulement n'a jamais posé de problème et la notion de service public est bien ancrée dans leurs esprits. Certes, ils ont mis quatre ou cinq ans pour s'habituer aux vicissitudes des horaires décalés appelés « les trois-huit » et notamment le quart de nuit, pour maintenant l'aimer davantage que les quarts diurnes. Dans ces heures de nuit et de veille, comme pour les journées dominicales, ils sont les maîtres de la centrale, l'effectif est réduit avec un seul cadre sorti du rang et deux rondiers qui assurent les quelques manœuvres sur les circuits vapeur et autres électriques. Le directeur et les ingénieurs absents ne posent pas de questions, ne demandent pas d'essais spéciaux, pas de résultats. Alors, finalement ces longues heures de service sont calmes et réputées être 'peinardes'!

Pourtant, il ne fait pas bon travailler tous les jours dans cette vieille unité nucléaire très particulière que tout le monde surveille à la loupe depuis des décennies et qui malgré son déclassement et arrêt en juin 2020, vient d'être remis en service il y a huit mois, devant le manque crucial de la production nationale d'énergie électrique.

Pour comprendre la situation, il faut rappeler que la centrale de Fessenheim des années 70 connue de toute l'Europe fait figure d'ancêtre dans le monde nucléaire. Elle est la plus âgée, avec une implantation géographique très controversée et une filière à eau pressurisée RPE abandonnée, qui a connu moult pannes et incidents. Les écologistes en perpétuelle guerre et manifestations ont réclamé son arrêt pendant quinze ans. Pourtant, rien n'y a fait, la centrale est restée debout et active au prix de nombreuses révisions et réparations. Pendant toutes ces années, les Présidents de la République successifs distribuaient des promesses de démantèlement, ses réacteurs ont produit encore tant bien que mal, des millions de Mégawattheures quotidiens.

Au point que le candide Français et la presse se demandent si réellement notre société maîtrise la méthode et la technologie pour arrêter les protons et neutrons agités de ce réacteur devenu insubmersible. L'autre question légitime qui inquiète la population est de savoir si la durée des travaux de démantèlement d'une centrale nucléaire n'est pas supérieure aux années de production. ?

Allez savoir finalement !

Alors, en juin 2020 devant ce tohu-bohu généralisé et la poussée des écologistes et antinucléaire à toutes les dernières élections, les députés ont voté son arrêt définitif. Cette décision laissait à penser que le site EPR de Flamanville (autre vilaine affaire nucléaire française) était enfin prêt à entrer en service, pour combler les manques de productions qui se faisaient cruellement ressentir les jours d'hiver chargés…

Mais voilà, en décembre 2022, *la fée électrique* et nos grands ingénieurs n'ayant toujours pas réussi à faire diverger Flamanville EPR (malgré quinze ans de travaux et un budget triplé) le gouvernement priait EDV de remettre vite en service la brave vieille centrale de Fessenheim pour éviter une faillite énergétique, assurer notre 50 hertz national et passer l'hiver correctement.
Et aussi, d'être moqués par certains de nos pays voisins européens, pas tous des amis…

Panne d'électricité.

Tout se déroule bien jusqu'à dix-neuf heures trente-
, les deux tiers des votes sont dépouillés et chacun se réjouit déjà à l'idée de retrouver son foyer, de regarder le JT de vingt heures pour vivre une chaude soirée de résultats, entendre les politiques de tous bords, déclarer comme d'habitude qu'ils ont tous gagné ces élections, sauf que… tous les éclairages des plafonds de la mairie vacillent, la lumière devient pâle, puis se brise et finalement les Lumens disparaissent. La petite salle municipale plonge dans l'obscurité totale, d'autant plus que les trois éclairages de secours n'assurent pas leur mission et restent indifférents à la situation pourtant critique.

– Comme d'habitude ! s'écrient de concert les opposants au maire en ajoutant :

– Décidément, avec cette municipalité, rien ne fonctionne tout à fait correctement !

Des mots étouffés sont entendus, le Maire Raymond lâche celui de Cambronne, des femmes expriment de grandes peurs exagérées, des onomatopées sont alors émises. Mais, plus grave encore et dans le noir… Sur la grande table de dépouillement, des bruits de papiers et d'enveloppes deviennent douteux et le secrétaire de mairie flairant de possibles manipulations et des tricheries s'insurge :

– On ne touche à rien !

Le maire excédé s'égosille lui aussi :

– Écartez-vous de la table, sortez de la salle et s'il vous plait rentrez chez vous rapidement !

Alors, le réflexe de tous les citoyens normalement constitués en 2023, n'est-il pas celui d'extraire immédiatement de sa poche, sa bouée de secours personnelle universelle et de tous usages ?

Laquelle est son téléphone portable pour les attardés et introvertis de la société et son Smartphone pour les gens modernes et extravertis. En deux secondes, les hommes ont atteint la poche arrière du jean et allumé leurs petits écrans. Par contre, c'est plus long pour les dames de trouver l'engin dans le fond désorganisé du sac à main. Comme si la présence de toutes ces petites taches lumineuses, carrées pour certaines et rectangulaires pour la majorité avait rassuré tout le monde, un « ouf de survie » semble se propager dans la mairie.

Pourtant, une autre surprise attend les citoyens électeurs, car le regard précis de chacun sur son écran détecte une évidente et grave anomalie…

La télégestion est hors d'usage.

L'après-midi s'est écoulée sans souci pour Olivier. Certes, son collègue rondier à bien détecté deux fuites sur le circuit de condensation et une vanne grippée sur le circuit vapeur v3, laquelle a nécessité l'ouverture du *by-pass* de resurchauffe bp3. Rien de bien méchant, il rédigera deux bons de travaux aux équipes d'entretien pour remédier à ces incidents mineurs. À dix-neuf heures cinquante, le pupitre de commande, peuplé de soixante-neuf interrupteurs « tourné-poussé », de quatre-vingt-trois voyants de toutes les couleurs différentes, indique que tout est normal. Tout ce petit monde de commandes électriques et de signalisations est réuni par des traits de couleurs continues ou encore brisées signifiant qu'elles fonctionnent ensemble ou séparément.

Sur les murs de la salle, des synoptiques gigantesques en couleur eux aussi, reprennent tous les circuits de la centrale, des voyants précisent s'ils sont ou non en service. Au-dessus du pupitre, des enregistreurs captent et mémorisent toutes les valeurs physiques, chimiques, électriques et de radioprotection de la tranche de production. Sur la gauche, sur un énorme écran plat, défilent de multiples informations, des graphiques, des histogrammes, des tableaux, des alarmes.

De cette salle de commande Olivier peut piloter, changer le sens, modifier les directions, interpréter tous les circuits de la centrale. Ici, comme dans toutes les centrales de France et pour toute la hiérarchie professionnelle, les hommes appelés « les exploitants » doivent connaitre l'utilité, le principe, la technologie et les liaisons de tous les circuits. Ils ont nécessairement mémorisé les quatre kilomètres de tuyauteries d'eau et de vapeur, l'emplacement des systèmes et tuyaux hydrauliques, des armoires électriques et souvent même les noms et les numéros des circuits et vannes. À dix-neuf heures cinquante-cinq, une sirène retentit et fait sursauter Olivier, qui vautré dans son fauteuil commençait à réfléchir à sa soirée télévision en rentrant chez lui, au match du Top 14 qui le réjouissait d'avance.

Un rapide coup d'œil sur le fréquencemètre du réseau national lui indique qu'il se passe une rare anomalie, mais de quelle ampleur est-elle exactement, mystère ?

Aussitôt, le téléphone rouge, d'une sonnerie très stridente retentit, pendant que le chef de quart averti par ailleurs arrive en trombe dans la salle de contrôle. Olivier croit rêver, il entend dans le haut-parleur des urgences l'annonce bruyante suivante : « Ici, le dispatching national d'EDV, un grave problème vient de survenir sur le réseau de pilotage des centrales, nous prenons contact avec certaines unités qui semblent en difficulté. Nous voyons et contrôlons encore la vôtre, mais jusqu'à quand ? Pas de panique cependant ; bien que nous ne connaissions pas l'origine du problème, il semble que l'accident ou l'incident ne soit pas lié à notre parc de production, mais à un problème de télégestion nationale. Passez-moi votre Chef de quart, s'il vous plait ! »

19h ; manipulations des résultats…

Dans la mairie de Saint Pierre de Manneville, les internautes les plus branchés sont déjà dans les manipulations pour comprendre l'absence du réseau Internet et y remédier. Mais où sont donc passées les petites barres verticales de l'histogramme indiquant le niveau de réception ? D'autres intrépides tentent la fonction téléphone, mais n'obtiennent aucun résultat, rien n'y fait. Les Smartphones, ces bijoux de haute technologie ne sont plus que de vulgaires lampes de poche, bien onéreux pour cette seule utilisation ! Un conseiller municipal, appelé par boutade « l'ingénieur retraité » crie à la salle entière :

– Ne déchargez pas bêtement vos Smartphones, vous aurez peut-être besoin de la fonction torche pour rentrer chez vous, si la panne du réseau électrique s'éternise.

Vincent, le jeune adjoint au maire, pompier dans la vie civile et donc habitué aux urgences, est rapidement sorti de la salle municipale. Il n'a pas attendu les ordres et a vite couru dans la nuit tombante chez son voisin Guy, l'électricien du village et des bâtiments communaux. Tous deux reviennent et trouvent une équipe municipale et son maire comme prostrés devant les enveloppes vides, les bulletins en vrac, les feuilles de résultats abandonnées, le PV destiné à la préfecture rayé de haut en bas avec la note : *Panne d'électricité, coupure d'EDV*, dépouillement impossible dans l'obscurité et la bousculade généralisée. Il semble que les résultats partiels ont été copieusement manipulés, modifiés ou encore saccagés ? »

Dans la panique générale, le secrétaire de mairie ne perd pas son temps. Discrètement, il vérifie que son *iPhone 13* flambant neuf n'affiche plus de réseau lui aussi. Il se précipite alors dans les bureaux de la mairie pour faire la tournée des postes téléphoniques et valide qu'aucune tonalité ne se fait entendre. Rapidement, il met en service quelques ordinateurs sous les

systèmes d'exploitation Windows et Mac, pour vérifier qu'internet et sa fonction téléphone sont bien en panne. De retour dans la salle du conseil, discrètement il informe l'édile municipal de ses constatations alarmantes, lequel affolé s'effondre sur une chaise et comprend alors que les informations qui lui sont transmises, indiquent que la France est au plus mal…
La confirmation tombe : **Internet a bien disparu !**

Est-ce la chute d'Internet qui vient d'entraîner la panne d'électricité, suivie du réseau de France Télécom lequel vient de passer sous licence du chinois Huawei et peut-être de bien d'autres problèmes que l'on va découvrir dans la soirée et jusqu'à demain ?

Chez Bernard Durand.

Après le dépouillement électoral plutôt mouvementé, Bernard, le Smartphone en torche à la main, rentre à tâtons chez lui. Il n'a pas tout compris de ce qu'il vient de vivre dans la salle municipale et il espère que l'écoute des médias va lui expliquer la réelle situation nationale. En poussant la porte, la pénombre et le zéro bruit dans sa maison augmentent ses craintes. Déjà très affecté par les évènements, il trouve sa petite famille dans le séjour où seules les petites flammes de quatre bougies semblent encore vivoter. Dans le salon, la TV qui d'habitude braille est devenue muette, son écran est inanimé, les trois enfants assis ont sur leurs genoux leurs Smartphones inertes, les bips annonçant les SMS et courriels ne tintent plus, leurs oreilles sont devenues libres des encombrants écouteurs. Le chien curieusement installé sur une chaise semble ravi et étonné de recevoir ce soir un surplus de caresses inhabituel. Devant ce spectacle auquel Bernard n'était pas préparé, son angoisse rebondit, juste le temps de se défaire de ses vêtements, de rejoindre la famille sur le canapé et les questions les plus dramatiques fusent. Jérôme le plus jeune fils :

– Mais que va-t-on devenir, papa ? Les autres pays sont-ils comme nous ?

Effondrée et en pleurs sa grande fille Juliette :

– Vont-ils pouvoir réparer le réseau Facebook et quand ?

Manifestement, le ciel vient de tomber sur la tête de sa petite famille branchée à l'extrême sur le Net, en particulier les adolescents qui ne voyaient plus, ne pensaient plus, ne s'occupaient plus que du Net, du téléphone, des SMS, du téléchargement et des réseaux sociaux ! Bernard entend toutes ces questions, mais en réalité il ne les écoute pas, préférant attendre la suivante qui va recouvrir la précédente et lui éviter de devoir inventer des pseudo-réponses plausibles ou pertinentes son épouse dans une grimace d'inquiétude se risque à la question :

– Mais comment savoir ce qui se passe actuellement en France et dans toute l'Europe, puisque toutes les communications semblent coupées ? Chez nous, tous nos récepteurs et radios sont muets !

C'est aussi précisément la question qui taraude Bernard depuis son départ de la mairie ; cependant pour faire diversion, il préfère raconter à la famille les aventures et rebondissements vécus pendant le dépouillement du vote. Dans un moment de grande lucidité, analogue à une fenêtre qui s'ouvre et aère son esprit perturbé, le père se lève avec vivacité et sans un mot se dirige prestement vers l'escalier de l'étage supérieur…

19 h 50, avec les bougies.

Le Maire demande à son équipe municipale de bien vouloir rester à ses côtés et explique :

– Malgré toutes les péripéties de cette dernière heure, il nous faut attendre le passage de la gendarmerie chargée de regrouper pour la sous-préfecture les résultats et récupérer les procès-verbaux de chaque village.

Mais dans la tourmente de cette journée passeront-ils ? où sont-ils perdus corps et biens dans la France en panne de Net et de ses communications ? Des bougies et des éclairages au gaz de camping sont installés sur la grande table et redonnent un peu d'espoir à l'équipe municipale. Les plus grands inquiets quittent discrètement la mairie persuadés que si la panne de courant est générale, que le réseau téléphonique est absent sur tout le territoire, que le Net a disparu, c'est qu'il faut vite rentrer chez soi et avant l'apocalypse, pour sécuriser sa famille !

Heureusement se disent-ils, nous n'habitons pas en ville, chez nous la circulation au quotidien se fait déjà sans feux rouges, l'éclairage urbain est minimal, les vitrines rares et non allumées.

Depuis les années 2000, la *toile Internet* s'est généralisée, elle est maintenant présente dans tous les systèmes informatiques et tous les équipements numériques. Dans la foulée, la révolution technologique des *iPhones* et des *Galaxy*, pousse les hommes avides de nouveautés, à succomber à la tentation et à la mode. Le e-commerce boosté par un marketing forcené s'est imposé rapidement à toute la société. Dans les magasins, le tertiaire et l'industrie, la gestion des bâtiments et les machines-outils sont pilotées et surveillées par le Net. Ce soir, la question sur toutes les lèvres est la suivante :« Sommes-nous, en présence d'une panne générale du tout numérique ? »

Finalement, les gendarmes ne passeront que tardivement. Ils emporteront les résultats du bureau de vote de Saint Pierre de Manneville, lesquels semblent avoir été copieusement manipulés par des tricheurs expérimentés de notre belle République.

Dans sa bonne conscience, le Maire est déjà persuadé que cette élection sera invalidée !

Une recherche au grenier.

Tout en poussant la porte du grenier, Bernard s'équipe de sa lampe frontale, car il connait le désordre qui règne sous ces rampants familiaux insolites. Mais que cherche-t-il précisément ? Dans lequel coffre ou carton peut sommeiller l'appareil qu'il recherche ? Il se faufile entre des masses informes et inquiétantes, soulève des paquets parfois avec difficulté, les ouvre délicatement et les referme prestement, déplace fermement les uns et les autres. Ce remue-ménage intense fait voler la poussière, le fait suffoquer légèrement jusqu'au moment où poussant un grand soupir de découragement, il aperçoit enfin dans l'angle du rampant ouest, la vieille malle rouge faisant office de sépulture technologique. Dans ce grand volume métallique, il a pris l'habitude au fil des années d'entreposer très délicatement tous ses anciens appareils électroniques délaissés.

C'est bien une des maladies de notre société, du toujours plus performant, du toujours rapide et pourtant moins onéreux, de trouver qu'au-delà de deux ans le matériel acheté est déjà dépassé et périmé, au point qu'il faut s'empresser de le jeter et de le remplacer. La technologie va même plus vite, que le transport des containers asiatiques, remplis de petits bijoux à des prix tout aussi ridicules que les coûts de main-d'œuvre de ces pays lointains et arrivant en masse chaque jour dans nos ports… Tout excité Bernard soulève le couvercle : dans la pénombre, il recherche parmi les nombreux cadavres électroniques un appareil bien précis. Un par un, il les extrait de la malle tout en éprouvant une fraction d'émotion de les avoir utilisés, souvent appréciés et même pour certains aimés.

Au septième appareil écarté, l'objet recherché est enfin retrouvé dans un carton. C'est un petit parallélépipède en plastique jaune ; une grille sur le devant protège un tissu ajouré, lequel renferme un haut-parleur, trois boutons-poussoirs sur le dessus, un gros cadran rond avec des chiffres qui tourne encore. Heureux de sa trouvaille, il est fier de s'être souvenu de ce vieux poste, qu'il situe de mémoire dans les années quatre-vingt. Mais comment va-t-il pouvoir trouver des piles plates anciennes de 4,5 volts disparues du commerce depuis bien longtemps ?

Qu'importe, Bernard ne manque pas d'idées et c'est un bidouilleur émérite qui trouvera bien l'astuce pour transformer du douze volts de nos jours en neuf volts d'antan… Le vieux poste retrouvera une vie et des voix, si toutefois toutes les radios du monde ne sont pas tombées au champ d'honneur de *la grande panne* de ce soir. Son petit bonheur s'accroît lorsqu'il découvre que conformément à sa mémoire, l'appareil couvre bien toutes les gammes d'ondes et surtout les ondes courtes, ce qui lui laisse une chance d'entendre les radios voisines de l'Europe et des lointaines à l'autre bout de la planète.

Alors, Bernard s'imagine avoir gagné la partie à défaut, avoir des nouvelles de la France en anglais serait un moindre mal, même si son anglais du lycée a bien décliné.

20h, l'ingénieur d'astreinte.

De son bureau et avant de se précipiter dans la salle de contrôle, le chef de quart a appliqué à la lettre les consignes. La première étant d'actionner la procédure d'alerte, ce qui pour effet immédiat de faire accourir l'ingénieur d'astreinte et les trois techniciens spécialisés en mesures et diagnostics.

La seconde, est de courir au dernier étage administratif de la centrale et de mettre en service la station radio HF de secours qui permettra, si besoin, de communiquer avec le dispatching national et d'éviter ainsi l'îlotage complet de la centrale. Christophe Durand, l'ingénieur d'astreinte du jour, se prend la tête à deux mains et semble être très perplexe devant cette étonnante panne de télégestion jamais rencontrée. Pour lui et d'après l'expertise précise des techniciens qui ont épluché les deux-cent-treize paramètres de températures, de pressions, de mesures électriques, ainsi que les critères physico-chimiques, rien n'indique la moindre anomalie propre à la centrale. Son téléphone portable lui aussi d'astreinte se met à sonner dans sa poche de veston.

Au bout du fil, le directeur l'informe qu'il fait un retour de week-end précipité et qu'il sera dans trente-neuf minutes à la centrale, mais déjà, il lui demande de mettre en place une réunion type "urgence2". Fort heureusement, le réseau téléphonique « contacts et urgences » entre les divers services du nouveau producteur d'électricité fonctionne encore. Ces communications se font sur les lignes de distribution d'électricité THT (très haute tension).

Un jeune homme en basket entre en trombe dans la salle de commande, les cheveux ébouriffés, la chemise toute ouverte, le pantalon flottant et froissé. Il semble un peu éberlué et choqué par on ne sait quoi. C'est David, un jeune ingénieur stagiaire de Centrale, qui depuis deux mois colle aux basques de Christophe et lui rend la vie impossible avec ses questions mitraillette.

– Que se passe-t-il chef ?

L'ingénieur d'astreinte maitrisant son selfcontrôle très britannique, décide alors d'ouvrir une page pédagogique pour tous ses collègues présents :

– Rapprochez-vous tous s'il vous plait, je vais vous expliquer pourquoi je suis si perplexe.

– Ah, oui c'est sympa chef, pour moi c'est vital, il me faut tout comprendre ! Christophe adepte des boutades, mais surtout, n'ayant pas oublié ni digéré son échec il y a vingt ans au concours de Centrale, lance la boutade :

– Ah c'est vrai, dans votre haute école, il faut que les esprits soient toujours en ébullition du cortex !

Un fou rire général très bénéfique détend l'atmosphère dans la salle de contrôle.

20 h 10, les groupes électrogènes de l'Élysée.

À L'Élysée, tous les éclairages viennent de se remettre en service, la panne d'électricité n'a duré que dix minutes, ce qui est en soi totalement inadmissible pour le sommet de l'État. Le président a été prié par son aide de camp, de s'enfermer dans son bureau et des policiers a pris place devant toutes les portes du bâtiment central, le palais a donc été totalement bouclé. Ces minutes ont paru interminables aux services de sécurité et les hommes en charge de la protection rapprochée du Président viennent de passer par toutes les étapes de l'incertitude et de l'angoisse. D'autant que depuis plus de trois ans le plan Vigipirate « alerte-attentats » est maximum, puisqu'avec les fous de dieu et les guerres de religion tout est prétexte pour embraser la planète. Fort heureusement, les groupes électrogènes qui se croyaient probablement en vacances ont finalement daigné démarrer.

L'alerte électricité vient à peine d'être levée qu'une seconde catastrophe s'annonce, celle des transmissions et du téléphone pour laquelle l'on n'a pas de système de normal-secours. L'État dans sa grande sagesse et sa technologie avancée n'a pas prévu de réseau de secours interministériel et administratif.

Voilà des mois qu'une commission doit plancher sur le sujet et regarder avec les Chinois et les Indiens si leurs réseaux de satellites communicants ne pourraient pas héberger nos transmissions ministérielles hyper codées, dans les situations de crise ? Mais alors, quid des secrets d'État ?

Reste qu'actuellement et c'est bien la démonstration de ce soir, qu'une panne générale d'Internet et de la téléphonie, confirme que nous sommes encore à l'âge de pierre. Puisqu'en une journée, les seuls et uniques moyens de communication et d'échanges sont devenus les notes-documents papiers acheminés par des coursiers motards de la République entre l'Élysée et de Matignon. Le ministère de l'Intérieur est également très concerné par ce sujet, d'autant que ses trois services secrets sont étanches entre eux et peut-être aussi très concurrents…

Le Réseau Internet mis en cause…

Dans la salle de conduite de Fessenheim, les rires se sont tus, Christophe commence son long exposé sur la télégestion :

– Je vous explique ; en France, toutes nos centrales sont pilotées par un dispatching qui a pour mission de réguler la courbe de charge du territoire national. Pour ce faire, toutes les unités sont donc connectées à un réseau de télécommande indépendant et bien particulier la société EDV. Normalement, ce réseau à ma connaissance n'a aucune relation physique avec le réseau téléphonique national filaire (appelé aussi le téléphone fixe) de France Télécom. Cependant, je crois avoir lu l'an dernier une note de service qui évoquait l'étude du multiplexage de notre réseau privé avec le Net, pour être plus performant pour le business international.

Le chef de quart irrité intervient.

– Mais quelle grosse tête à Paris a peut-être eu la très mauvaise idée de nous connecter à Internet, ce réseau réputé archi pollué et sur lequel les voyous et brigands de tous poils sont présents.

Christophe reprend :

– Souvenez-vous de l'année 2018 ou l'Europe a imposé à la France, la libéralisation totale du marché de l'électricité. Avez-vous déjà oublié les six mois de grèves et de coupures, les manifestations des usagers, avant qu'ENGIE ne l'achète, puis le mastodonte VINCI qui emporte finalement notre grande et appréciée EDF ?

– Oui, mais pourquoi Internet sur la télécommande des centrales ? s'insurge le jeune homme.

L'ingénieur élève la voix :

– Il est évident que depuis cette mutation de sociétés, les exigences de rentabilité des actionnaires du repreneur EDV ont modifié les méthodes de gestion et dégradé les critères de sécurité… En tout état de cause, ce soir, la fréquence vacille, les tensions sont encore stables à cette heure, mais les perturbations sur les réseaux très Haute Tension engendrent déjà des variations de tension importantes chez les gros clients. Songez que nous sommes dimanche soir, le tertiaire et surtout l'industrie sont au repos, mais que va-t-il se passer demain matin lorsque la France va se remettre à la tâche ?

Un murmure inquiet circule aussitôt dans le petit groupe de collaborateurs où l'inquiétude se répand. David, le jeune stagiaire demande.

– Mais Monsieur, notre réseau de distribution d'électricité peut-il s'écrouler ? Peut-on craindre un virus filtrant sur le réseau Internet ?

– Oui bien sûr, surtout si nous n'arrivons pas à délester correctement et que la météo se complique avec des baisses de température. La vérité, nous la connaitrons demain matin lorsque tous les magasins, le tertiaire et l'industrie vont se remettre en service. Espérons que notre télégestion du parc de production retrouvera tous ses moyens dès cette nuit. Quant à la circulation d'un éventuel virus informatique, il est évident que c'est déjà l'hypothèse haute qui circule dans nos cervelles… Mais bon, essayons d'éviter la contagion psychologique !

À Paris, les collaborateurs du Président.

À Vingt heures quinze, le feu vert d'accès à l'Élysée est donné aux collaborateurs les plus proches de la présidence. Depuis leur retour de Week-ends de Basse-Normandie en fin d'après-midi, ils patientaient chez eux, disciplinés, le doigt sur la couture du pantalon. Pas de temps à perdre, ils sautent dans leurs véhicules persuadés que les réunions interministérielles vont se succéder jusqu'au petit matin. Les conseillers du Président n'ont pas oublié non plus que demain lundi, la France accueille le nouveau président indien pour son second voyage en Europe, le Palais de l'Élysée doit être en ordre pour onze heures demain matin. Dieu, comme cette visite tombe mal, se répète à l'infini le chef du protocole. D'autant que l'on espère la signature d'un contrat de trente-trois avions *Rafales ETC*, en négociation depuis dix ans. Vous savez, cet avion qui porte bien son nom *ETC* (*Encore Trop Cher*) et dont les ventes commencent seulement à se concrétiser avec des montages financiers pas toujours transparents.

Au fond du couloir, à deux pas du secrétariat du Président, se trouve le bureau de Roger, le plus fidèle des assistants des quatre derniers Présidents. C'est bien l'homme indispensable du palais, il officie dans la pénombre d'un bureau équipé en High-Tech, la porte est toujours fermée à double tour, les murs sont isolés phoniquement, c'est le standardiste personnel du Chef de l'État. L'homme parle couramment cinq langues, dont le russe et l'arabe. Roger est d'une discrétion absolue, il est en mesure d'entendre toutes les conversations téléphoniques présidentielles, mais ne restitue ni ne raconte rien. À longueur de journée et les nuits de crise politique, il reçoit les appels téléphoniques, les messages faxés et les courriels adressés au Président. Il filtre tous les correspondants et ne transmet que ceux qui lui semblent importants, les autres sont consignés et enregistrés sur son ordinateur. Lorsque Roger a besoin de repos, c'est son épouse

Marie-Paule qui assure l'intérim. Elle exécute le job rigoureusement dans le même état d'esprit, comme si tous les deux étaient associés dans une petite start-up personnelle et confidentielle, au service unique du Président. Sur la grande table du bureau, sept téléphones de couleur différente sont alignés et trois appareils fax sophistiqués trônent.

Tous ces engins sont connectés à l'ordinateur qui enregistre toutes les communications, celles-ci peuvent donc être réécoutées par Roger, le seul titulaire du mot de passe sophistiqué. Ce soir, depuis vingt heures, c'est la panique la plus totale dans son bureau, les sonneries n'en finissent plus de retentir dans une anarchie de sons bizarres, de coupures inquiétantes. Le trouble est immense chez Roger qui en trente ans de service n'a jamais connu une telle panique. À chaque sonnerie, lorsque Roger décroche il entend une ou des voix inaudibles, puis des bruits stridents. Les trois combinés spécifiques de Matignon, la Maison-Blanche et Berlin sonnent à n'en plus finir, seul celui de Moscou n'a pas la fièvre. L'ordinateur affiche des messages inquiétants et allume des alarmes clignotantes. Derrière lui, la porte s'ouvre, ce qui est tout à fait exceptionnel, c'est le Président le visage défait qui lui demande :

– Roger, que se passe-t-il, mon portable ne fonctionne plus et est-ce identique pour toutes les lignes de France Télécom ?

Le standardiste retire ses lunettes, se frotte les yeux :

– Président, je ne comprends rien, ça sonne de partout et pourtant personne ne s'exprime réellement dans les combinés. La récente coupure d'électricité de l'Élysée a peut-être tout cassé, quel mystère !

Pensant que ses jambes vont se dérober, le Président s'affale dans le fauteuil le plus proche :

– Essayez, essayez, continuez Roger, il me faut de suite le Premier ministre et aussi Mme Berkelle au plus vite, si toutefois elle est encore en responsabilités ?

20 h 30, de retour à Matignon

Rue de Varenne, à Matignon, on attend le Premier ministre qui vient d'atterrir sur la base de Villacoublay. Comme chaque troisième dimanche du mois, il était dans sa résidence secondaire, une gentilhommière qui est lovée dans son fief électoral, son Berry d'origine.

La vie politique est ainsi faite, avec une action populaire remarquée l'on peut connaitre une carrière fulgurante, pouvoir passer d'un mandat d'élu d'une circonscription rurale, aux ors ministériels et paillettes dorées de la capitale. Mais attention, l'inverse peut aussi se produire et encore plus rapidement, une seule phrase affichant un avis contraire du Président ou avoir oublié de clôturer son compte offshore et l'on rentre chez soi…

Alors, dans tous les cas, même dans sa période politique euphorique parisienne, il faut penser à l'avenir, au retour sur ses terres et donc de continuer à choyer et surtout subventionner ses électeurs de base. Le Premier ministre, sort en trombe de la voiture, l'huissier le salue et le protège de la pluie fine qui vient de s'annoncer. Il bougonne :

– Voilà que la météo en rajoute ! La montée de cinq marches se fait au galop, dans les couloirs d'accès à son bureau. Dans ses pas allongés et rapides, il tente une nouvelle fois désespérément de faire fonctionner son *iPhone 13*. Visiblement, il n'y parvient pas et s'énerve ; il est vrai que depuis une heure, dans son *Falcon du GLAM*, (Groupe Liaison aérienne Ministériel) toutes les communications téléphoniques sont coupées. Alors son arrivée à Matignon il ne sait que peu de choses sur *la grande panne* du Net et des coupures EDV, encore moins sur l'étendue de celles-ci.

Quand il entre dans son bureau, ses collaborateurs sont bien conscients que ça va barder… L'homme est connu de tous comme étant irritable, aussi est-il inutile de décrire dans quel état d'esprit est le Premier ministre de la République et combien ses conseillers vont devoir le prendre avec des pincettes. D'un geste énervé, l'homme pressé jette sa veste sur une frêle chaise Napoléon, qui elle aussi se met à trembler. Puis, il se cale dans le fond de son fauteuil, ferme les yeux et les sept collaborateurs sans s'être concertés se risquent presque en chœur :

– Mais le président vous réclame et s'impatiente depuis une heure !

Dans son courroux pourtant contenu, le chef du gouvernement réplique :

– Il attendra encore une heure, tout d'abord je fais le point avec vous. Fabrice, demandez à un chauffeur de voler jusqu'à l'Élysée lui dire que je gère l'urgence et que j'arrive ensuite.

Un rictus général pourtant contenu s'affiche sur tous les visages… et manifestement, la nuit prochaine s'annonce assez bouillonnante !

Le voisin radioamateur

Bernard aperçoit par la fenêtre, au-delà de son jardin, que son voisin et ami radioamateur semble être en pleine activité, puisqu'il entend le ronronnement de son groupe électrogène. C'est inhabituel à cette heure, qu'il soit déjà dans son bungalow faisant office de station radio.

Généralement, c'est en pleine nuit, lorsque la prostate de Bernard l'invite aux toilettes, dans la demi-pénombre de l'éclairage public, qu'il aperçoit par la lucarne, tourner les grandes antennes OC du voisin. Ces grands râteaux qui brassent le ciel, à la recherche de correspondants du bout du monde, comme se plaît à les appeler Christian Becq.

Mais voilà, en ce début de soirée ses aériens semblent déjà bien agités sans vouloir se stabiliser : cette scène pourtant anodine ajoutée aux évènements troubles qu'il vient de vivre dans l'heure précédente, renforce sa conviction qu'il se passe des incidents exceptionnels et graves bien au-delà de son village et du canton...

Alors, sans même informer son épouse, il court au portillon situé au fond du jardin qui communique avec le jardin de son ami. Il est persuadé que l'OM (Old Man, radioamateur du monde), cet homme branché, aux mille correspondants, est informé par le monde entier et doit en savoir beaucoup plus que lui sur les évènements nationaux et au-delà des frontières. Bernard est conscient que depuis deux heures, son corps monte en pression et pour son cœur déjà fragilisé par deux accidents cardiaques c'est trop, alors il ralentit son allure, mais ne parvient cependant pas à évacuer de son esprit, qu'une catastrophe se joue dans le pays tout entier.

Bernard connait bien la station et la vie passionnée de son ami Christian. Sans même frapper, il pousse la petite porte et s'étonne de ne pas voir la tête de son ami se tourner vers lui, ni même d'être accueilli par le salut habituel. Non, rien de tel, l'OM est casqué, penché sur deux micros à la fois. Aussitôt, le visiteur est surpris de voir tous les cadrans de la station allumés, des voix multiples se télescopent, mais une de celles-ci est plus forte et semble prier les autres de faire silence.

Note sur les radioamateurs :

Depuis les années 1900, dans le monde entier les radioamateurs défrichent les fréquences radio, font progresser l'électronique et la technologie des transmissions hertziennes. En France, ils sont quatorze-mille passionnés de cette discipline. Ces gens sont des techniciens diplômés et certifiés par le ministère de l'Intérieur qui leur attribue un indicatif international. Dans les catastrophes naturelles, ils sont réquisitionnés et actifs au sein d'un réseau spécialisé, pour transmettre des messages et sauver des vies. Cela n'empêche pas l'État mercantile de les taxer annuellement...

Dans le vaste bureau élyséen.

Le Président dans son vaste bureau doré de partout et décoré dans l'histoire par madame de Pompadour, ne reste plus en place d'inquiétude, il parcourt la pièce de long et en large, la tête baissée entre ses mains. Dans ce décor monarchique, il slalome entre les tables basses, les guéridons, le chevalet, les fauteuils et chaises Louis XV. Tellement absorbé par la réflexion, qu'il fait un faux pas et heurte ce mobilier national si peu habitué à être ainsi tutoyé. Sa muse lui souffle : « Calme-toi, ce n'est pas l'heure adéquate de se fracturer le col du fémur… » Depuis quelques minutes, ce Président adepte du Smartphone et habile communicant par SMS et e-mails, semble perdu dans ce monde nouveau sans réseau, sans le Wi-Fi du Net. Son impossibilité de s'entretenir et de prendre conseil auprès de ses collaborateurs, ses ministres, et ses amis le perturbe. Force est de constater que cette *grande panne* générale enraye le fonctionnement de la machine élyséenne.

Ce soir et ce n'est qu'un dimanche, la France privée de communications vacille, alors qu'en sera-t-il demain lundi, jour de reprise des activités ? se répète-t-il indéfiniment. La journée sera cruciale sans doute, d'autant que la presse, avide de récupérer des sujets sensibles et très vendeurs, va probablement se déchainer contre « le tout numérique » véhiculé par le Net, ce vecteur de transmission qui a envahi tous les pans de notre société. Sous réserve évidemment, que les rotatives des journaux aient de l'électricité et que leur parc informatique ne soit pas décimé.

Le président s'insurge auprès de son nouveau chef de cabinet, de l'absence de son Premier ministre, soi-disant « retenu par un ailleurs » (vocable très usité en politique) et qui n'a pas encore cru bon d'accourir à l'Élysée.

Mais voilà, dans notre république les jeux politiques sont subtils, chacun pense avant tout à soi, à sa propre carrière, et pour ce faire il convient de temporiser un peu, se faire désirer, faire obstruction, faire croire. L'objectif final étant d'empêcher l'autre de prendre sa place aux prochaines élections…

À bien observer de près la politique, c'est comme un jeu subtil de billard français, ou l'on peut jouer (mais rarement…) en direct ou en faisant des trois bandes, pousser les deux autres boules habilement et se faufiler, faire un rétro sur la jaune pour changer d'avis, masser la blanche pour la féliciter, ou encore faire un coulé afin de flatter la boule rouge, ces trois derniers coups étant les « coups de maitre » ! pour accéder à la présidence !

Dans la cour de l'Élysée, un balai de grosses berlines noires s'annonce, la fourmilière de la république se remplit, seul le Premier ministre se fait encore désirer…

Le monde politique…

Dans l'équipe gouvernementale hybride de gauche et de droite et bien avant cette *grande panne* du Net, tout n'est pas rose depuis des mois. Mais n'est-ce pas la réalité de tous les gouvernements de la République qui se succèdent, peu importe la couleur politique ?

Depuis plus de trois ans le gouvernement moqué '*d'en même temps'* fait une politique de droite pour dit-il réparer l'économie du pays abîmée par les trente-cinq heures des deux présidences précédentes de gauche. Curieusement, la France découvre étonnée chaque jour qu'elle ne possède plus d'industries, que tous les produits manufacturés doivent être importés des pays asiatiques lointains et qu'elle doive transporter idiotement et follement… Le plateau de la balance commerciale, même si elle n'est pas de qualité Roberval, est au plus mal.

Lors de la constitution du gouvernement, pour assurer une majorité parlementaire, le Président a dû composer son équipe avec des leaders de toutes les couleurs. Pour un homme politique de gauche ou de droite et normalement constitué, accéder à un maroquin ministériel, c'est atteindre l'Éden. Mais voilà, les difficultés arrivent vite, au-delà des promesses initiales de taire ses convictions et ses idées, d'être docile et souple envers la hiérarchie, de devoir s'aligner sur tous les choix du binôme Président/Premier ministre. Il faut aussi accepter de reprendre les dossiers, de faire fi des critiques des médias, alors tout cela ne tient pas bien longtemps et assez vite le proverbe se vérifie : « chassez le naturel, il revient au galop… » Tout se complique dans l'équipe gouvernementale actuelle lorsque certains reviennent sur leurs grandes promesses et leurs propres fondamentaux.

Alors, on commence à se concerter entre les soi-disant malheureux ministres, ceux qui ne sont pas souvent écoutés, les néophytes, les bafoués, les sans-grades. Tout ce petit monde d'insatisfaits se met à ruer dans les brancards, il s'organise des petites rencontres discrètes, des contacts extérieurs avec des députés restés sur la touche et en mal de portefeuilles ministériels. De plus, des écologistes ex-ministres deviennent remuants et se greffent au groupe rebelle qui se constitue bruyamment. Les trompettes de la rébellion sonnent alors aux esgourdes du Premier ministre, on le défie en s'abstenant dans des votes importants et la discorde devient totale pour voter le budget en début d'année.

Mais comme rien n'est simple en politique, parmi ces contestataires issus des cinq micros-partis historiques de la gauche et des Verts, se déroule aussi en sourdine une âpre lutte pour le leadership de ces frondeurs. Dans tous les systèmes politiques organisés, pour désigner le grand chef au panache de plumes tricolores, il n'y a que trois méthodes possibles : le coup d'État très usité dans les régimes militaires ; le plébiscite d'un homme seul et son charisme qui prétend être le meilleur de tous ; et enfin, les élections dans les pays démocratiques. Ici, dans le groupe de frondeurs qui prend naissance dans la Capitale de la Gaule, une femme déjà habituée à se mesurer au Président semble s'imposer. Pour ce faire elle utilise son charisme, un léger coup d'État (sans militaire) avec des amis et des élus de la gauche plurielle en évitant soigneusement une petite élection primaire…

Cette dame en question possède la double nationalité européenne et affiche un passé politique important. C'est une grande habituée des rencontres internationales et des inaugurations en tous genres. Bien de sa personne, les Français lui trouvent du charme et avouons qu'elle en joue assez subtilement. Mais à contrario du monde politique classique, sa formation universitaire dans le droit social et syndical lui donne de l'aisance à résoudre les problèmes et conflits de société. Même si son verbe et son vocabulaire sont de qualité, elle n'en rajoute pas trop devant les caméras et les micros. Son aire de jeux préférée est l'estrade où elle peut démontrer son expérience dans des discours enflammés et souvent contraires à l'avis du président… En somme, c'est la Jeanne d'Arc qui adore s'emparer des sujets populaires et épineux, ses idées et actions sont simples et originales et parfois décalées. Elle aime aussi ajouter un volet social et moralisateur dans ce monde politique, qui parfois abrite des gens douteux, des crocodiles, ou des éléphants qui se chauffent au soleil…

Voilà des mois qu'elle crève les écrans de TV, qu'elle remue les médias, tout en assurant le commandement de cinquante-mille employés. Depuis des années son ascension est fulgurante et laisse pantois les hommes du monde politique.

Mais alors, que peut bien penser Jeanne Montalgot cette femme en question, de cette *grande panne d'Internet* qui fait aujourd'hui vaciller la France ?

La station F6 FSC

Sur la pointe des pieds, Bernard s'approche et entend très distinctement

– Appel général, appel général à toutes les stations radioamateurs officielles et en particulier à celles du réseau de protection civile.

Dans l'émotion, le visiteur retient son souffle et se persuade que le moment est important, il écoute la suite religieusement :

– Ici le général Charles Dufeux, commandant en chef des pompiers de France, opérant la station F6FSC, je vous informe que le ministre de l'Intérieur vient de déclencher le plan ORSEC niveau 3 et que je suis chargé de la coordination de ce plan national d'urgence. À ce titre, je vous demande de vous mettre en réseau national sur le canal VHF 23 et ceci via tous les relais de Navarre. Mais aussi, de vous mettre en standby/écoute sur la fréquence OC internationale de crise, qui est je vous le rappelle de 14,099 MHz. Devant l'ampleur de la catastrophe nationale et dans l'Europe peut être, qui touche tous ou en partie les moyens de communication du territoire, vous serez probablement appelé à acheminer et à relayer des informations officielles du gouvernement. Je suis moi-même radioamateur avec l'indicatif F6HTO, mais ce soir j'active actuellement non pas ma station, mais celle du ministère de l'Intérieur dont l'indicatif est F6FSC. Reprenant son souffle il continue.

– Foxtrot, Sierra, Charly (les lettres du call sont à traduire par : France-Sécurité-Civile). Pour le moment, nous vous demandons la confidence totale sur les évènements qui surviennent sur le territoire et dont d'ailleurs nous ne connaissons pas l'ampleur, mais également sur les actions de notre propre réseau. Nous savons que le monde des radioamateurs est sérieux et compétent, que les entrainements mensuels aux situations de crises nous assurent une mise en action et une efficacité immédiate.

Après une gorgée d'eau…

– Cependant, nous vous demandons impérativement de limiter l'accès à vos stations, car l'encombrement de celles-ci pourrait vous distraire et limiter votre totale disponibilité. Avant de se quitter momentanément, juste le temps de vous régler sur les fréquences, je vous conseille de vous installer confortablement, car la nuit va être longue… Ensuite, je ferai l'appel de toutes les stations responsables de régions pour m'assurer que vous êtes prêts à agir. Le réseau téléphonique étant partiellement tombé, nous devrons peut-être nous déplacer en direction des préfectures. Merci à vous et 73's QRO de F6FSC opéré par F6HTO. Pour les stations qui m'appellent : QRZ, QRZ !

Note - Le Q est un langage international transmissions radio.

20 h 30, Jeanne est chez elle.

Jeanne est donc son prénom et en ce soir de dépouillement d'élections, bien que courtisée par les médias, elle n'avait pas prévu de faire le tour des plateaux TV. Bien au contraire, elle avait convié ses amis politiques frondeurs et son cabinet tout entier, à écouter les résultats des élections et à disserter sur l'après-scrutin. Les derniers mois ont fissuré l'équipe gouvernementale et Jeanne est devenue le chef de file externe de la contestation ; les petites phrases assassines sont maintenant quotidiennes avec le Premier ministre. Autour d'elle, on compte maintenant trois ministres et trente députés coalisés sur ses idées et ralliés à son clan politique. « Pour laver plus blanc » disent-ils.

L'ambiance est chaude et vers dix-neuf heures, en attendant les résultats électoraux, les amis décident de faire une grande collation avec un petit cru de Saint Amour, puisque la belle Jeanne est la leader de cette grande région. L'écran de TV que personne ne regarde, diffuse des images idiotes d'hommes politiques défilant avec épouses, enfants et belles-mères, glissant leur bulletin vote dans les urnes de leur fief respectif, devant les caméras du JT de 20 heures.

À dix-neuf heures cinquante, la lumière disparait, l'image du téléviseur avec, les Smartphones n'ont plus d'icônes, ni de tonalité. C'est la panique totale et de suite, la CGT est rendue responsable de la coupure, des cris hostiles au syndicat sont émis. Jeanne se précipite discrètement dans sa chambre pour écouter son radio-réveil, dont les batteries ont pris le relai d'EDV.
Stupeur ! Elle entend un bref bulletin d'infos où le journaliste étouffé par l'émotion informe que la France vient de tomber dans une panne gigantesque, et que toutes les informations ne remontent plus, qu'au fil des minutes on perd le contrôle du Net et des communications. Dans un sanglot à peine contenu, l'homme de radio avoue ne rien comprendre à la situation, mais

émet le vœu de pouvoir un jour reparler dans un micro… Puis un fort claquement est émis et le radio-réveil devient muet, *la grande panne* vient de s'inviter aussi chez elle. De retour dans le salon, elle raconte ce qu'elle vient de vivre et d'entendre, c'est l'angoisse pour certains de ses amis, l'excitation de l'inconnu pour d'autres, mais tous deviennent volubiles et les idées fusent. Jeanne, elle, fait tout le contraire et entre dans une cogitation intense. Une brèche politique ne vient-elle pas de s'ouvrir pour la Jeanne ? N'est-ce pas une opportunité qu'elle doit saisir à bras-le-corps ?

Elle se lève, glisse trois mots à son homme, lui fait la bise, puis se dirige vers la porte d'entrée. Dans treize minutes, en scooter, elle aura rejoint son ami de toujours, qui est aussi le chef de cabinet du ministère de l'Intérieur, lequel lui donnera toutes les informations sur l'état de la France, le pourquoi, le comment et vers quoi la France glisse irrémédiablement…

Pour le moment, courbée sur son deux-roues, sous le crachin, avec un éclairage public en berne, des feux qui ne sont ni verts ni rouges, elle redouble d'attention. Grimaces sur grimaces, Jeanne même encombrée d'idées folles qui l'assaillent fend l'air frais de la capitale vers un nouveau destin…

Début de nuit, à France Télécom.

Chez France Télécom la panique a atteint son apogée, son réseau filaire que l'on pensait à priori relativement indépendant du réseau portable GSM numérique, semble à cette heure très ou copieusement touché. Mais quelle est l'ampleur réelle du sinistre ? Les chefs d'exploitation et leurs équipes d'astreinte ont sauté dans leurs véhicules de services aux gyrophares clignotants, ils foncent vers les centraux principaux pour mieux évaluer et échanger collectivement sur les premiers dégâts apparents. Dans chaque région une équipe se met en place et essaye à travers ses synoptiques de multiplier les appels téléphoniques jusqu'aux autocommutateurs les plus éloignés dans les campagnes.

Le projet immédiat est d'établir au plus vite la cartographie des sinistres de chaque réseau régional. Vers dix-neuf heures cinquante, dès les premiers symptômes atypiques de la panne, la grande maison France Télécom a vacillé. Pourtant réputée très inerte, elle a mobilisé ses techniciens et a déclenché l'alerte maximale. Le directeur technique national Mr Décimé, cet homme déjà âgé et grincheux au quotidien, a multiplié les ordres et exigé de lui faire remonter impérativement l'état général du réseau filaire national, le tout avant trois heures du matin. Par ailleurs, les directeurs régionaux affublés de leurs chefs d'exploitation sont convoqués demain matin neuf heures, au siège de la puissante Direction générale. Le message précise qu'aucune absence n'est permise, que chacun se débrouille pour trouver un moyen de locomotion, à pied, à cheval, en voiture, peu importe. Mais tous ont bien compris que les déplacements SNCF et Air France seront probablement aléatoires dès l'aube demain matin.

À vingt-trois heures trente, François le jeune adjoint de Décimé entre en trombe dans le bureau de son patron où se tient une réunion de crise. Là, huit sous-directeurs, tous ayant des cheveux gris de préretraités, se tournent vers lui et se montrent étonnés de ce qu'il annonce :

– Monsieur, d'après mes premières observations et remontées des unités, il apparaît nettement que notre technologie ancienne et nos autocommutateurs d'avant 1990, sont peu impactés par *la grande panne*. Par contre, toutes les plateformes postérieures en RNIS numérique et en relation plus ou moins étroite avec le Net sont tombées et devenues muettes. Mr décimé s'étrangle, mais dans un filet de voix parvient tout de même à formuler

– Mais avons-nous déjà une ou deux hypothèses de ce qui nous arrive techniquement ou est-ce trop tôt pour en parler ?

François, le plus brillant ingénieur de France Télécom, multi diplômé de Polytechnique et major de Supélec temporise un peu, pour donner sa réponse. Dans son cerveau en perpétuelle optimisation il se pose la question suivante : « Comment dois-je donc expliquer simplement cette *grande panne* à ces patrons hors d'âge, qui ont probablement tout oublié de la technique et les évolutions technologiques successives ?». Sa réponse n'est que partielle, en spécialiste il choisit de vulgariser des choses complexes d'un niveau compatibles à des revues grand public. La voici :

– Patron, nous sommes sur deux pistes, mais totalement incertaines à cette heure. La première serait peut-être : un Big-virus véhiculé par le Net qui aurait dérapé d'Internet et se propagerait contre toute attente sur notre propre réseau téléphonique. La seconde plus grave est peut-être une défectuosité d'origine primaire et aussi conceptuelle des mémoires numériques qui s'autodétruisent après un nombre d'années de service très intense. Une question supplémentaire se pose alors ; ces deux problèmes peuvent-ils être liés et donc s'additionner ? Mr Décimé se prend la tête, lorsque sa secrétaire apparaît à la porte et lui tend le téléphone rose de crise, qui lui semble encore fonctionner :

– Monsieur, c'est le secrétariat de l'Élysée qui vous demande. Le silence devient pesant, seules des mouches taquines volent encore dans le bureau et énervent sérieusement les occupants de ce grand bureau meublé Empire. Contre le mur de droite, dans une superbe vitrine, sont rassemblés, dans un mini musée, toutes les générations de combinés téléphoniques de l'histoire, depuis le Bell, en passant par le manipulateur Morse, bien d'autres encore et jusqu'au Smartphone Apple récent. François dans un doux rêve, se met à espérer que tous ces appareils se mettent tour à tour à sonner, pour trouer le silence et mettre en peu de gaieté dans ce bureau. Mais, ces engins restent désespérément muets, peut-être sont-ils déjà eux aussi les victimes du Big-virus filtrant qui se propage insidieusement dans la France… Avant le suicide collectif probable de tous les acteurs de cette triste réunion, Marius, le sous-directeur de PACA ose la plaisanterie :

– Et si l'on priait maintenant !

Éclat de rire général, la vie continue… Alors Hector, le plus imaginatif du groupe regarde sa montre et propose :

– Une heure du matin, c'est l'heure du Pastis et de se sustenter. Alors, qui m'aime me suive à la Civette qui ne ferme qu'à trois heures du mat !

Tour de table à Matignon.

À l'écart, au fond du bureau, calé dans un fauteuil Empire, le regard rêveur tourné vers le groupe d'hommes qui entoure le Premier ministre, il en est un qui ne semble pas ému ni absorbé par les évènements qui secouent son pays. Ce politicien blasé, aux cheveux devenus rares, au costume élégant anthracite Cerruti, à la pochette et cravate rose pâle, rien ne semble le faire trembler ni douter. Son allure lointaine de presque jeune, fait oublier qu'il a été le plus jeune Premier ministre de France, et qu'avant et après il fut sept ou huit fois titulaires de portefeuilles différents. Son seul souci ce soir, a-t-il confié en douce à son condisciple de l'ENA le ministre des Armées, c'est d'être privé de téléphone pour prendre des nouvelles de ces homologues européens et de ses petites amies... À cette heure, sont-elles aussi touchées ?

Le Chef du gouvernement demande à son aréopage de lui faire le point précis de la situation sur la panne d'électricité et l'avis du patron d'EDV, l'état des communications chez France Télécom. « Mais que se passe-t-il exactement sur l'Internet », demande-t-il. La réponse et les commentaires associés ne le rassurent en rien, d'autant que le manque de communication ne permet pas de se faire une idée globale de la situation sur le territoire. Vient ensuite le second sujet que veut évoquer le Premier ministre, comment va se passer la reprise des activités demain matin et quelles sont les chances qu'une partie des problèmes techniques soient résolus ou réparés d'ici là ?

Le tour de table donne des avis pessimistes, car mobiliser tous les services de l'État, les techniciens, les réparateurs, un dimanche soir d'élections par une nuit froide et pluvieuse n'est pas simple. De plus, il s'avère nécessaire de ne pas faire n'importe quoi et surtout pas du dépannage anarchique. Bien au contraire, il faut réunir les équipes, les écouter et débattre avec elles, puis choisir les méthodes et solutions de réparation durables. Bref, le Premier ministre réclame de la réflexion et de la méthode.

Le jeune conseiller spécial du chef de gouvernement, au cursus impressionnant et souvent major de promotion, mais avec encore un visage de poupon à lunettes, jusqu'à présent muet, prend la parole et dans un silence étonnant, il prévient le groupe :

– En tout état de cause, ayant eu un contact vers vingt heures trente avec les présidents d'EDV, France Télécom, Orange, France Télévision, il est évident que pour eux, compte tenu des communications largement défaillantes sur le territoire, l'étendue des dégâts nécessitera trois ou quatre jours de délais pour être correctement évaluée. Un silence de plomb s'installe dans le bureau. Une question retenue s'impose à tous : Et maintenant, que faire à cette heure, une nuit de dimanche soir d'élections ?

Le Premier ministre rompt le silence et regardant son ministre de l'Intérieur, il l'interpelle :

– Jean, je t'emmène chez le Président, il nous faut prendre une décision sur les élections de la journée et sans doute la soumettre au Conseil d'État.

L'atmosphère se détend, puis il continue :

– Dernier point, via un coursier en scooter, c'est actuellement le seul moyen de communication de l'administration, la DGSI vient de me faire parvenir son premier rapport. Ce document nous indique très clairement que les bougies de secours dans les salles municipales de dépouillement n'ont pas freiné les multiples tripatouillages, sans compter les remontées des résultats complètement perturbées…

Dans le grand salon doré.

À l'Élysée, la première réunion urgente a débuté dans le Salon doré depuis un quart d'heure. Certes, l'on a discuté préalablement sur le cadre juridique et l'appellation de cette assemblée, entre cellule de crise et plan Orsec. Depuis le 5 février 1952, le principe de ce plan original demeure intact même s'il a beaucoup évolué. Créé sur les vestiges des premières organisations interservices de défense passive mises en place à la fin des années trente pour faire face aux menaces de bombardement, ce plan a changé au gré des mutations de la société, de ses attentes et des menaces. Devant la grave situation du pays et les inconnues qui en sont la cause en ce début de nuit, le conseiller spécial juridique a légitimé une démarche Orsec. Certes, il faut faire quelques adaptations, mais il est vrai aussi que les entorses aux règles de la République ont été nombreuses dans l'histoire passée, d'autant qu'à cette heure on ne va pas convoquer les sages âgés du Conseil Constitutionnel pour entendre leur avis.

Probablement, ces Messieurs à cette heure tardive sont déjà de connivence avec Morphée. Le Président précise aux participants que les trois chaises libres vont être occupées rapidement par le gouvernement. Le préfet de Police de Paris fait le point sur la situation en région parisienne et indique que l'électricité revient, puis disparaît de nouveau dans les arrondissements. Il ajoute que suite aux coupures d'électricité, les bureaux de vote dans les trois « communes rouges » de la ceinture ont connu quelques « bouffées de chaleur » et des bourrages d'urnes, pendant le dépouillement. Quelques échauffourées également en fin de soirée, à la proclamation des résultats. Le président lui coupe la parole et change de sujet :

– Si les moyens techniques sont disponibles, je prendrai la parole dans trente minutes à la TV et à la radio et j'en profiterai pour remercier la police, qui une fois de plus a été performante et rapide, pour rejoindre tous les bureaux de vote. Chapeau à ces messieurs ! Des bruits de pas se font entendre, la porte du Salon doré s'ouvre et fait apparaître le Chef du gouvernement flanqué de son chef de cabinet et du ministre de l'Intérieur. Tout ce petit monde politique se salue d'un geste minimum ou s'ignore en baissant la tête selon les affinités ou les rivalités. Les exposés sur la situation du jour, les activités touchées, les premières remontées des administrations et d'incertaines hypothèses techniques sur *la grande panne* sont évoqués. L'on note que l'expression déjà consacrée de Big-virus, réapparaît dans toutes les phrases. Les échanges nombreux et parfois vifs divergent, puis sous la houlette du ministre de l'Intérieur, un homme rempli d'expérience calme et posé, tout ce petit monde s'accorde sur sept premières et grandes décisions. Le président se lève, fait un signe au Premier ministre et au ministre de l'Intérieur et tous les trois sortent d'un pas décidé…

Dans la nuit, la grande idée de Jeanne

En trois heures, Jeanne a fait le tour des popotes, recueilli une foule d'informations, visité trois camarades frondeurs et a pris incognito un dîner à la bougie avec son staff de communicants, dans une pâle copie de bouchon lyonnais. Les discussions et les débats entre amis sont centrés sur l'intérêt bien compris de se mettre en évidence sur le sujet de cette *grande panne* informatique qui frappe la France et peut-être déjà L'Europe ?
Les cinq hommes et quatre femmes autour de Jeanne ne cessent de lui dire que c'est une opportunité pour elle ou la chance politique de sa vie pour monter au créneau et faire des propositions à la France entière. N'est-elle pas légitime non plus puisque son expérience politique est grande et ses amis sont nombreux au ministère du Développement numérique. « Alors fonçons ! », se dit-elle.

Une grande idée s'impose alors à elle. Sans même informer le Gouvernement, dont elle adore d'ailleurs prendre le contre-pied depuis neuf mois, elle va réunir et en toute urgence *un groupe de réflexion* de têtes bien faites et chercheuses du pays, lesquelles sont toutes des noms renommés de la technique et de la science. Pour la conduite du groupe, sa formation personnelle étant un peu courte en sciences et en informatique, elle demandera à Robert Leprôneur de structurer et conduire les débats, de trouver les responsables des sous-groupes, de proposer des remèdes et solutions pérennes. Jeanne, elle, sera la rapporteuse des travaux de chaque sous-groupe et le communicant avant, pendant et après les réunions.

Par ailleurs, elle profite de cette rencontre pour informer que Delphe Daltho élue et responsable Ecologie sera sa partenaire et conseil politique privilégiée pour les mois compliqués à venir et à vivre...

Déjà, quelques journalistes sont mis dans le secret et ouvriront les portes des radios et des studios de télévision. L'important est de faire savoir ce que l'on fait et de créer le buzz en toutes circonstances… La popularité d'un politique est à ce prix !

La maladie du téléphone portable.

Dans les années 95, le téléphone portable qui n'était au départ qu'un outil de gens mobiles et pressés s'impose rapidement au grand public à la place du courrier papier traditionnel, chargé d'assurer l'administratif, les lettres familiales, les lettres de courtoisie et sentimentales. La société s'emballe, car l'homme ne peut plus supporter de devoir attendre huit jours la réponse écrite à sa question, il lui faut de suite un retour de son correspondant. La patience humaine étant une vertu qui se raréfie... Comme la quête de l'homme est toujours d'aller plus haut, plus fort, plus vite on invente l'ADSL pour surfer, puis les transmissions par les très hautes fréquences Wi-Fi se généralisent. Les courants porteurs accroissent eux aussi les vitesses de transmission et la fibre optique permet d'atteindre l'inimaginable vitesse...

En 2000, la révolution du Smartphone, embarque toute cette révolution technologique dans un boîtier/écran de cent-vingt grammes, qui assure toutes les fonctions et surtout celles dont on n'a pas besoin souvent... Ce bijou technologique vous suit partout sur la planète puisqu'il est autonome en énergie. Après le traitement de texte, la voix, les images, on réussit à transmettre la vidéo et enfin l'homme peut regarder et assouvir son fantasme de regarder la TV sur un mini écran de quatre pouces, chez lui, au bureau, dans son jardin, en voiture, dans sa baignoire, dans la rue, sur son vélo... En 2023, en ce jour de *grande panne du Net*, les Français sont soixante-huit millions dans le pays et ils ont dans leurs poches ou sacs à main la bagatelle de cent-trois-millions de Smartphones, cherchez l'erreur !

D'autant que beaucoup d'entre eux ne servent qu'à transmettre deux messages, certes très importants :

– T'es où ?

Ayant pour réponse pertinente :

– Et toi, tu fais quoi ?

Lundi matin, dans un collège

Devant le collège Marcel Pagnol, il règne une curieuse ambiance, les grilles sont encore fermées et pourtant les trois pions de l'établissement sont en grande discussion dans la cour. Aucun professeur n'est présent dans les parages, mais leurs voitures sont bien en stationnement sur l'aire qui leur est réservée. Les élèves semblent ravis du retard de l'ouverture de leur bahut, mais réflexion faite ils supputent que les professeurs sont en réunion générale avec le directeur et son staff. Les jeunes ont tous ce matin la tête à l'envers, par petits groupes les échanges semblent très animés. Cependant, l'on perçoit de la tristesse et l'inquiétude se devine sur leurs visages. Le seul sujet de ce matin, c'est bien les évènements de la soirée et d'une partie de la nuit qui les ont traumatisés.

Ce matin, la jeunesse tout entière pourrait presque se donner le mot et porter le crêpe du deuil pour les deux disparus : le Net et leurs Smartphones. Ces petits bijoux technologiques qui se sont tus, à des vitesses différentes, hier soir entre vingt heures et une heure du matin. Songez que pour les plus branchés, ceux qui envoyaient et recevaient vingt SMS par heure, la vie est devenue ennuyeuse et triste. Devant ces adolescents, habitués depuis l'âge de dix ans à recevoir des nouvelles des uns et des autres dès la sortie du collège et jusqu'à vingt-trois heures y compris le Week-end, on comprend bien qu'ils puissent être en manque et totalement sevrés de leurs échanges infinis. Pourtant, toutes ces communications semblent aux adultes sans intérêt, ni de nécessité absolue et souvent limitées à demander à sa copine :

– As-tu vu mon dernier selfie ?

Et réciproquement. Le SMS le plus riche en information étant de dire :

– Tu sais pas qui j'ai vu ce matin avenue Flaubert, devines ?

Silence et finalement :

– J'sais pas, p'être Carole ?
Et dans un suspense intense, la réponse fuse :

– C'était Marie, elle était encore avec Pierre. Tu te rends compte le cinéma qu'elle nous fait depuis plus de huit jours. En plus, elle portait son affreux tee-shirt jaune paille, qui n'est même pas d'une grande marque…
Et encore, ces phrases ci-dessus sont écrites en presque bon français, car les SMS dont nous parlons sont rédigés en langage de jeunes, que seuls les onze à quatorze ans peuvent comprendre. Pour ceux qui sont dans la tranche quatorze dix-huit, l'écriture du SMS est dans un autre pseudofrançais différent.

Pour les parents qui entretiennent des échanges avec leurs ados, il leur faut deviner les subtilités de toutes leurs abréviations, avaler les égratignures faites à la conjugaison, accepter l'indifférence accordée aux accords du participe passé, découvrir des mots inventés et absents du Larousse. À l'extrémité de la lecture du SMS ou de l'e-mail de leurs ados, leur premier réflexe est de respirer profondément pour vivifier leur esprit en fermant les yeux pour éviter un malaise. Après la honte qu'ils ressentent devant le français de leur progéniture, ils se ressaisissent en s'autofélicitant (il faut bien s'aimer un peu) d'être de bons Champollion, puisqu'ils ont à peu près compris la teneur du message, de leur grand gamin. La deuxième étape incertaine et complexe pour eux est de se demander si leur réponse doit être en bon français ou s'ils doivent essayer de la rédiger dans le style adolescent attardé pour apparaître, non pas des vieux hors d'âge, mais comme des parents jeunes dans le vent de l'époque…

Panique chez une jeune femme

Dix heures, Martine Becq ce lundi matin ouvre les yeux avec un fort mal de tête, elle ne comprend pas très bien pourquoi son studio parisien est déjà si ensoleillé. Sur sa table de chevet son radio-réveil Wi-Fi de dernière génération est muet et n'affiche aucune heure et même rien du tout. Décidément se dit-elle, tous les appareils modernes ont une petite durée de vie. Pour quelle raison ce matin, ce bijou si souvent envié par toutes ces amies ne l'a pas réveillée en douceur à sept heures comme tous les matins précédents.

D'autant qu'il y a urgence, puisqu'elle doit courir à Roissy, pour prendre son vol hebdomadaire pour Londres. Hautement diplômée de l'école HEC et d'un complément d'étude de deux années dans une Business-school à Liverpool, elle a décroché un job de trader à la banque HSCB. Vous savez, cette société qui fait couler beaucoup d'encre et qui met tous ses salariés dans une position inconfortable. Ses amis aussi lui font des commentaires désobligeants et des critiques négatives, au point qu'elle recommence à regarder les petites annonces et multiplie les contacts avec les « chasseurs de têtes ». Ses copines, pas toutes gentilles, ajoutent une couche supplémentaire en prétendant qu'avec son job et surtout cet employeur, aucun homme ne s'installera durablement avec elle. Pourtant, jeune et belle femme, très draguée actuellement, le risque est grand qu'elle devienne rapidement une vieille fille, avec une panoplie impressionnante de chapeaux de sainte Catherine… Alors que les années galopent, Marie-Odile sa meilleure amie l'invite à faire comme elle :

– Te calmer un tantinet, minauder plus avec les hommes, cesser de faire la difficile, t'en choisir un presque beau, mais pas un playboy, pour qu'il n'attire pas trop la gent féminine. Assure-toi qu'il soit bien dans la mode ou relooke le complètement pour être présentable aux copines, sexy pour avoir envie de lui, bien élevé pour plaire à tes parents, sans oublier de t'assurer que ses revenus sont confortables et fixes.

C'est tout un programme ou une méthode pointue de recrutement… Le dernier conseil très argumenté qu'elle lui distille est plus subtil encore :

– Surtout et rapidement avant tout engagement, essaye de rencontrer son père, cela te donnera une idée précise de l'avancée dans l'âge de ton prétendant…

L'urgence extrême pour Marie-Odile étant :

– De faire son choix définitif avant que la ménopause nous surprenne, car nos études ont été longues !

Encore au lit, ne réussissant pas à s'extirper de la position allongée, Martine aperçoit sur l'étagère, son minuscule vieux réveil mécanique. Un souvenir de sa première communion qu'elle emmène avec amour, à chacun de ses voyages et déménagements. Les aiguilles phosphorescentes d'antan affichent la bagatelle de dix heures quinze. Alors, la frayeur s'empare d'elle, son avion est déjà dans le ciel au-dessus du *Channel*, ses collègues les plus lointains sont arrivés la veille et à cette heure, la moitié du groupe de travail partage le café-croissants au vingt-troisième étage de la tour HSCB au cœur de la City. Sa journée professionnelle est à l'eau, sans même avoir traversé la Manche. Elle restera donc dans Paris, se donnera pour une fois du bon temps et l'autorisation de courir au Grand Palais visiter l'expo de Salvador Dali, son peintre et grand homme préféré. En fin de journée elle passera chez Vincent, son copain toubib qui malheureusement pour elle est un homosexuel convaincu. Son autre particularité, c'est d'être un médecin de nuit, ne consultant qu'entre vingt heures et une heure du matin. Martine en profitera pour récupérer un arrêt de travail pour trois jours. Il lui restera à envoyer un e-mail aux ressources humaines HSCB, avec le certificat médical en pièce jointe. « Ah, se dit-elle, *les ressources humaines*, cette belle appellation pleine d'espoir que l'on a inventée pour remplacer le vieux service administratif de papa, mais qui finalement n'a peut-être rien changé, ni même amélioré les relations patronat-employés… »

Leprôneur rejoint Jeanne.

Ce matin, dans un prestigieux bureau, haut lieu de joutes politiques et souvent ivres de décisions complexes à prendre... une réunion va débuter.

Sont présents des gens du PS, des Ecologistes et des ministres frondeurs. La question posée sera : Comment tenter de cohabiter dans ce grand paquebot de la gauche française ? On attend aussi trois invités.

Fidèle à son habitude, elle a peaufiné sa mise en scène rituelle où il ne manque rien : des sourires, la claque dans le dos, les croissants ou pains au chocolat de chez Paul. Le premier à monter les marches du bureau de Jeanne est son ami le très connu Robert Leprôneur, à l'allure d'un jeune homme tout de même avancé, costume moderne bien coupé, sa chemise blanche à col Mao, ses chaussures très *fashion*.

Cet homme bardé de diplômes est un grand serviteur et le « grand touche-à-tout » de la France politique, d'autant qu'avec ses sept nègres, il écrit généreusement six essais par an. Le tout sur des sujets très différents, sociaux, politiques et moraux. Dans sa longue carrière, il a servi tous les régimes, de gauche comme de droite.

La Jeanne l'a pressenti pour animer le fameux *groupe de réflexion* internet-numérique, pour étudier et proposer des solutions de réparation de *la grande panne* du Net et du numérique, puisque cet homme a la réponse et la solution à tous les maux de la France, depuis trente-trois ans.

En amont, dans une rencontre secrète en tête à tête, Jeanne a prévenu Robert qu'elle avait allègrement et volontairement oublié d'informer Matignon et aussi le Secrétaire général du PS rencontré hier dans une grande manifestation…

Robert lui souffle à l'oreille :

– Tu ne m'as rien dit… Mais ne sois pas étonné que devant les médias, je sois étonné et surpris par ton initiative !

L'intention de Jeanne est donc limpide, il s'agit clairement de surprendre toute la population et tous les partis politiques. Elle veut apparaître comme la dépanneuse de la République et en particulier auprès des jeunes pour leur rendre au plus vite leur joujou préféré. Mme Montalgot a bien compris, combien sociologiquement Internet est devenu, avec toutes ses applications : le surf, le téléphone, les réseaux sociaux, la TV, leur raison de vivre. Jeanne, déjà adepte du poker, joue aujourd'hui son avenir politique, il y a donc nécessité à ce que son ami Robert extirpe des esprits brillants de son groupe de spécialistes, des solutions et remèdes pérennes à cette *grande panne du numérique* qui panique le pays tout entier.

Très grave, fixant son ami dans les yeux, Jeanne ajoute :

– Je compte sur vous Robert et Delphe, rendez-moi cet énorme service et je vous ferai ministres et peut-être plus encore…

Le **Net des collégiens.**

Finalement, le collège Marcel Pagnol s'est bien remis en fonctionnement pédagogique vers dix heures, le directeur et son adjoint ont fait la tournée des classes, en expliquant que les évènements survenus ces dernières heures allaient perturber la vie de tous les Français. Bien évidemment, l'impact sera aussi très important dans leur petit établissement scolaire. Pour ne pas trop amplifier les difficultés qu'ils vont rencontrer ces prochains jours, il demande à chacun une discipline accrue et une écoute redoublée des professeurs. Le directeur informe aussi que le conseil des professeurs, les syndicats des enseignants souhaitent que dans cette première heure de cours, l'on ouvre largement le dialogue et les échanges avec les élèves sur les craintes et malaises que les élèves peuvent ressentir.

Un compte rendu général sera fait en fin de journée et le directeur s'engage à faire une synthèse générale avec la contribution des parents volontaires pour animer des réunions-ateliers d'information et de répondre aux angoisses des plus jeunes collégiens. Le directeur précise que si la panne du numérique perdure, outre les cours qui souffriront du manque de supports informatiques, les notes, les synthèses et livrets scolaires seront évidemment perturbés en fin de trimestre. Dans chaque classe les échanges vont bon train, cela a pour effet de faire baisser l'angoisse des adolescents devant cette *grande panne* de leurs communications personnelles et de leurs réseaux.

C'est une nouveauté pour eux, ils sont passés de l'enfance à l'adolescence en accédant naturellement à tous les matériels et outils multimédias sans trop connaitre de contrainte ni de limitation. Sans même imaginer qu'un jour, une récession technologique puisse survenir.

Chaque professeur en profite subtilement pour glisser dans les conversations quelques couplets d'instruction civique et rappels à la solidarité et entraide nationale. Des situations historiques de crises et de catastrophes sont même évoquées. Notons qu'il y a bien longtemps que l'on n'avait pas professé des cours de morale et d'instruction civique. Ces deux disciplines ayant curieusement disparu des programmes actuels de L'Éducation Nationale. Pour ces jeunes, il est inconcevable que le progrès piétine ou ralentisse et encore plus que le Net disparaisse. Chaque jour, ils vérifient sur leurs écrans TV, PC, tablette, téléphone que la technologie progresse à grandes enjambées ; que le tout marketing effréné crée des besoins et des envies, auxquels les Asiatiques répondent en sortant des nouveaux produits ultras performants. Chez ces jeunes gens, il y a une normalité du toujours mieux, du toujours plus vite, du toujours plus puissant, d'autant que c'est aussi toujours moins cher…

L'adulte s'en effraye, l'adolescent s'en réjouit !

Chez Martine.

Alors, comme la journée s'annonce finalement cool, Martine allonge le bras pour attraper machinalement son webradio. Elle appuie sur la touche préréglée de la BBC, sa radio préférée, en se disant que mon Dieu, si je n'y suis pas à Londres aujourd'hui, j'entendrai néanmoins ma dose habituelle d'anglais. Sauf que là aussi, rien ne fonctionne, aucun son n'est émis. Elle cherche alors dans son esprit, pourquoi ce matin son corps est si douloureux et son esprit si embrumé. Certes, elle se souvient qu'invitée la veille vers dix-huit heures chez Marie, ils étaient finalement douze à faire la fête une partie de la nuit, mais jusqu'à quelle heure ? Elle ne s'en souvient plus et en déduit que c'est probablement Pierre, désigné ce soir-là comme le *Suédois de service,* qui s'est chargé de raccompagner les garçons et filles ayant trop bu. Une fois encore, elle a été embarquée inconsciente et mise au lit en douceur, peut-être même avec des caresses ? Cependant, dans une fenêtre de lucidité qui survient, elle se rappelle maintenant que vers vingt heures, entre deux Whiskys, trois garçons se sont levés et écriés :

– Le Net est en rideau !

Avec stupeur, chacun avait regardé son Smartphone et découvert que toutes les applications, mais surtout le téléphone, avaient disparu, qu'ils soient clients SFR ou Orange et autres. Encore un méfait de ma Banque HSCB se persuade Martine, cette maudite société qui stresse tous ses traders, lesquels sont menacés d'un *burn-out* général. Dans ce job, il faut au quotidien, surveiller et agir sur huit courbes à la fois de la bourse. Ces graphiques peuvent se croiser ou s'éloigner et les jeux financiers consistent à faire monter celles de son patron et donc descendre celles des adversaires. En somme, ces grands adultes jouent au yo-yo toute la journée et généralement avec non pas leur 'pognon', mais avec le nôtre… Alors, il y a nécessité vitale les Week-ends, pour oublier HSCB, de faire la fête, de boire, de danser, de faire l'amour avec le premier homme venu, en essayant de se choisir si possible un soupirant non-trader, pour mieux oublier les produits financiers pourris ou concurrents. La journée est foutue, au moins elle sera reposante, sans information, sans musique, sans téléphone, sans Apple. Alors elle décide de se recoucher pour dormir, dormir de tout son saoul. Avant de sombrer dans son gouffre de sommeil profond auquel elle aspire, elle se redresse sur ses avant-bras pour écouter le bruit de la rue en bas de son studio du dixième arrondissement. Curieusement, le niveau sonore entendu lui semble très faible et inhabituel pour un mardi matin jour de marché dans sa rue. Elle s'en inquiète : « Pourquoi si peu d'activité aujourd'hui ? », se dit-elle. Elle n'aura pas la réponse à sa question, car déjà le sommeil l'a ensevelie.

Lundi 11h, les écologistes à Fessenheim.

Ce matin devant la centrale de Fessenheim, convergent depuis l'aube des voitures généralement modestes et recouvertes ou décorées d'affiches avec des banderoles franchement hostiles à l'énergie nucléaire. De son bureau haut perché du quatrième étage, pour être mieux éloignée et bien protégée des mouvements sociaux, l'équipe de direction regarde avec intérêt le rassemblement se constituer. Certes, il n'y a là rien de nouveau, ce genre de manifestation est courante depuis une dizaine d'années puisque cette centrale nucléaire focalise toute la fureur des écologistes français.

Les ambigüités nationales ne manquent pas sur la filière de l'électronucléaire : d'un côté, nous affichons une grande fierté d'être les champions de la production nucléaire, d'exporter notre production et sa technologie avancée ; en même temps, la France est considérée comme une grande menace d'accidents au centre de l'Europe et d'autant plus, après les accidents dramatiques en Russie de Tchernobyl et celui du Japon de Fukushima.

Alors naturellement, cette centrale de Fessenheim, la plus âgée du parc français, avec ses pannes fréquentes, ses lourdes réparations et son indispensable rénovation se trouve désignée comme la très probable et prochaine catastrophe européenne. Voilà qu'après les décennies de stabilité EDF, la société EDV change tous les six mois le directeur et affirme que le nouveau nommé sera chargé de mettre en place le démantèlement, dans les meilleurs délais.

Mais finalement, devant les révisions de tranches indispensables et la puissance limitée du parc de production devenu vieillissant, la direction générale renonce à la fermeture du site de Fessenheim. Auparavant, les Présidents de la République qui se sont succédés, ont tous fait des promesses sur le sujet, mais leurs majorités parlementaires incertaines ajoutées aux conflits réguliers avec un groupe Écologie assez bougonneur et instable, font qu'ils ont préféré enterrer le démantèlement et laisser ce brûlot nucléaire se consumer au profit du Président suivant… En politique, c'est bien connu les promesses n'engagent que ceux qui les écoutent…

En France, depuis 1946, EDF était la belle pulpeuse danseuse de l'État, elle valsait et faisait des entrechats avec les vrais écologistes de terrain, il en sera probablement de même avec EDV. Les écologistes politiques jusqu'ici dansaient de gentils menuets au Palais Bourbon et au Sénat sur une musique de : « Tu me tiens, je te tiens par la barbichette ». Mais les choses changent, ils deviennent plus virulents et le dérèglement climatique leur donne raison et de l'audience…

Devant la centrale, profitant des coupures fréquentes du réseau et de *la grande panne* du Net qui émeut toute la France, les écologistes trouvent opportun de revendiquer bruyamment. Les manifestants augmentent au fil des heures, un camping sauvage s'organise derrière le grand parking. Il semble bien que le projet

d'occupation qui se met en place soit de grande envergure. Des camions de chantier arrivent, les camions des médias TV accourent eux aussi et déploient leurs paraboles, le reporter de BMFTV est naturellement au premier rang et crie dans son micro : « Mais les Français veulent savoir ! ». Au point que l'on peut se demander, comment dans un délai si court, les informations de rassemblement se sont propagées dans les esprits : *la grande panne du Net* est-elle déjà réparée et les communications rétablies, Facebook est-il de retour pour mobiliser les foules ?
Le téléphone filaire, si cher aux Français, est-il lui aussi revenu ? Le bruit court que les responsables politiques écologistes sont attendus pour quinze heures. On s'interroge encore sur la récupération que pourrait faire le monde syndical de cette coupure du Net, qui va devenir un évènement social, économique, et probablement peser rapidement sur l'emploi en France, déjà perturbé.
Évidemment le binôme Jeanne et Delphe suivent de près ces manifestations de leurs amis les verts !

Les premiers constats sur les réseaux.

Faute de moyens habituels d'information, l'inventaire des dégâts est compliqué à gérer pour le ministère de l'Intérieur. Cependant, dès dimanche soir, flairant le danger de ne pas connaitre rapidement l'état du pays, le ministre a décidé d'accroître les effectifs des services de la DGSI (Direction Générale Sécurité Intérieure) avec un rappel important des jeunes retraités de ces cinq dernières années. Devant la gravité de la situation, ces gens-là, ayant encore la fibre républicaine, ont rapidement affiché leur disponibilité, le doigt sur la couture du pantalon.

Ces hommes encore pleins d'ardeur et d'énergie ont l'habitude de se mouvoir rapidement par tous les moyens et engins possibles. Leur faculté d'observer et d'écouter en silence est remarquable, leur mémoire vive d'éléphant enregistre les moindres détails. Lorsqu'ils reçoivent des consignes précises, ils restituent dans les quatre heures suivantes des comptes rendus circonstanciés précis, mais aussi des « rapports d'étonnement » et des synthèses pertinentes. D'ailleurs, le ministre de l'Intérieur ne les appelle-t-il pas souvent : « mes *big brothers* de l'info ». En résumé, voilà les remontées du lundi à dix-huit heures en direction de la cellule de crise du ministère :

— Pour les Smartphones du grand public : Les premières constatations indiquent que ces petits bijoux sont pratiquement tous en panne dans toutes leurs fonctions Internet et donc aussi de la fonction téléphone.

— Pour la téléphonie traditionnelle et filaire de France Télécom, c'est plus compliqué et aléatoire. Il semble que les lignes équipées en ADSL dans les centraux téléphoniques soient toutes ou presque en panne. Cependant les baies anciennes non reliées au Net, comme celles qui équipent les petites cabines publiques pourraient encore communiquer. Probablement, la

France rurale dans ses régions éloignées paraît beaucoup moins affectée que les villes et les régions à forte activité économique.

— Les médias radio et les principales chaines de télévision sont hors service, seule pratiquement Radio Nostalgie avec ses équipements vieillots et non branchés Internet émet encore *de la musique à papa* et de rares bulletins d'infos.

— La presse est aussi sévèrement touchée, mais il semble que les rédactions travaillent déjà sur de prochaines sorties de feuillets quotidiens. Ces mini-journaux auront deux ou quatre pages pour essentiellement donner des informations sur *la grande panne* du Net et les préconisations du gouvernement et des préfectures. En somme, il s'agirait de donner aux citoyens un petit SMIG d'information, pour qu'ils ne dépriment pas et conservent la confiance dans l'avenir et dans leurs gouvernants… Notons que les journalistes, souvent en télétravail via le Net, sont aujourd'hui totalement débranchés des salles de rédactions, des directions, des lecteurs.

Les OM en préfecture

Ce matin, le jour se lève. Christian, le radioamateur, malgré une nuit presque blanche est déjà opérationnel. Devant son bol de café serré et fumant, sans grand appétit, il s'apprête à prendre la route vers la préfecture. Dans ses méditations et réflexions multiples qui l'envahissent, il est encore étonné d'avoir reçu à quatre heures du matin un appel urgent du réseau de protection civile. Au micro, l'atypique général Dufeux avait une voix convaincante en sommant d'autorité chacun de ses correspondants, de rejoindre la préfecture de son territoire à six heures précises. De plus, cet ex-chef de guerre, demandait à tous de recruter un parent ou ami accompagnant, car disait-il :
« l'on aura besoin d'esprits et de bras supplémentaires ». Tout naturellement, Christian se proposait de frapper chez son voisin

Bernard qu'il sait très citoyen et engagé, d'autant qu'il est justement disponible tous les mercredis, son jour de repos.

À six heures précises, la Citroën DS de l'OM est devant le portail de la préfecture. L'indiscrète antenne radio du véhicule inquiète les hommes du service d'ordre et c'est elle probablement, qui fait ouvrir automatiquement l'imposante grille noire en fer forgé de l'administration. L'étonnement est à son comble lorsque Christian, garant sa voiture, voit arriver une escouade de policiers armés jusqu'aux dents, lesquels saluent les deux compères et se précipitent pour leur ouvrir leurs deux portières. Le chauffeur tout sourire s'adresse à Bernard :

– Nous voilà devenus enfin, des gens importants mon bon ami !

Dans la grande salle des fêtes transformée en PC opérationnel, ils ont l'impression d'entrer dans une ruche ou tout le réseau OM de protection civile et le personnel préfectoral soit une quarantaine de personnes, échangent des informations et leurs avis tout en terminant un café croissant. Dans le fond de la salle, derrière une longue table jonchée d'émetteurs-récepteurs, des opérateurs et assistants sont en discussions animées avec le général Dufeux deux étoiles sur le képi. Lequel est en tenue de combat treillis, sans ses breloques ni médiales restées cette fois-ci à la maison. Une voix très forte retentit, elle annonce l'arrivée du préfet de la République, habillé en veste-jean-tennis et chemise ouverte à la BHL. L'homme salue quelques personnes (sans doute des politiques) et commence son message de bienvenue en ajoutant d'aimables remerciements. Puis, le général traverse bruyamment la salle et vient se placer droit comme un I dans ses Rodgers, aux côtés du préfet. Christian souffle à l'oreille de son ami :

– Tu as vu, ils sont tous en tenue de travail Bernard

rétorque en souriant :

– Et nous les "péquenots", pour une fois que nous sortons dans le grand monde, nous avons mis la cravate… Dans un silence maintenant total, le message du préfet est émouvant et confirme que devant la gravité des faits et évènements, l'ampleur de la *grande panne*, les réseaux de communication devenus muets, cela implique un isolement complet des pouvoirs publics.

Le maitre des lieux termine sa brève intervention en implorant presque :

– Nous avons besoin impérativement de vous et de votre technicité. Car vos équipements de radio, vont permettre aux services de l'État de rester connectés entre eux pour gérer au mieux le pays. Je vous en supplie, aidez-nous à sauver les meubles… (court silence, puis dans un sourire il termine sa phrase par) : à défaut de la République ! Ce qui a pour effet de détendre l'atmosphère et permettre à tous d'esquisser un sourire et aussi d'inspirer un bol d'oxygène…

Le général fait ensuite la lecture du nouveau décret de réquisition, signé dans la nuit précédente par le ministre de l'Intérieur, indiquant que tous les OM du réseau de protection civile doivent rejoindre avec leur matériel de communication, toutes les Directions administratives des départements et régions. La liste des points de chute de tous est déjà affichée sur le mur près de la table de pilotage du plan ORSEC, niveau 3plus. Pour Christian, c'est la Direction régionale des Douanes. Puis, son adjoint, le colonel Ledur, prend la parole et énumère les détails des consignes administratives et techniques. Alors Christian, quelque peu éberlué, comprend que rien ne sera rose pour lui dans les prochains jours et semaines. Il sait qu'il devra rester sur son lieu d'affectation pour une durée indéterminée, qu'il n'est pas question de sortir librement des bureaux transformés en station radio, lesquels seront toujours et précisément aux derniers étages des immeubles, pour favoriser la propagation des ondes.

Des plateaux-repas leur seront apportés dans leurs antres techniques, deux lits de camp seront déployés dans les stations, aucune visite extérieure à l'administration ne sera autorisée. Cependant, l'épouse du radioamateur pourra venir passer une nuit

(probablement d'amour) par semaine avec son OM… Si toutefois la nuit en question, s'annonce administrativement comme devant être calme. Les amis ou parents qui accompagnent ce matin les OM, sont considérés comme des assistants et des aides techniques au montage des stations. Par la suite, ils assureront les liaisons et informations avec les familles, mais rien de plus.
À l'extrémité de toutes ces consignes et règles de bonne conduite à tenir, Bernard entre dans un fou rire non contenu, à l'idée que son copain a gagné le gros lot… pour une durée indéterminée. Bernard malicieux ajoute :

– Mais dit donc mon ami, tu as dégoté la bonne administration, car chez eux, les armoires débordent de shit et d'euphorisants.
Christian, lui, pas tout à fait branché sur le même sujet, réfléchit déjà à l'idée de faire l'amour sur un ou deux lits de camp militaires…
Mais bon, il faut maintenant rejoindre l'immeuble des Douanes sur le port, hisser les antennes, raccorder les appareils se mettre en veille sur la fréquence du réseau de protection civile. Puis attendre le QRZ du général !

Les radios et la TV

Depuis hier soir, les radios et chaines de télévision sont presque inaudibles. Cependant, quelques informations sont diffusées sur des radios privées et locales, lesquelles ont des équipements électroniques et informatiques encore vieillots. Par contre, toutes les grandes stations d'information, dites grand public sont muettes ou devenues très sporadiques. Quand elles parviennent à émettre, c'est pour diffuser des messages indiquant que toutes leurs équipes techniques essayent de réparer *la grande panne*. Il s'agit surtout pour elles de remettre en service des armoires et des baies émettrices-réceptrices anciennes, des années 2000, non branchées sur le Net.

À la Maison de la Radio et à France Télévision c'est la panique la plus complète, on passe les deux premières journées de *la grande panne* à se réunir, pour se concerter. Toutes les idées fusent dans une grande cacophonie invraisemblable, car le monde de l'audiovisuel est un milieu où l'on aime s'emparer de la parole, du verbe haut et se mobiliser rapidement en assemblée générale du personnel. L'objectif étant de proposer douze solutions, de les voter pour décider, puis d'annuler le vote pour irrégularités. En somme : le jeu est de bien promouvoir la veille et défaire le lendemain... Avec le concept bien français « pourquoi faire simple, quand on peut faire compliqué ? »

Devant cette situation ingérable, les deux directeurs décident d'inviter discrètement au restaurant les trois leaders syndicaux CGT, FO, autonome. Leur projet est simple, il faut qu'en sortant d'une bonne table, cependant discrète, les cinq hommes délivrent en direction de leurs adhérents et des salariés des messages non pas identiques, mais allant dans le même sens. Les argumentaires différents et spécifiques selon toutes les parties prenantes seront étudiés entre la poire et le fromage. Mais attention, il y a aussi la nécessité de cacher la moindre connivence Patron/personnel. Cela ne pose aucun problème, tous ces acteurs syndicalistes sont aussi de bons comédiens, il leur faudra seulement faire preuve d'imagination et trouver des arguments pour conduire tout ce petit monde vers la reprise du travail, tout en continuant de critiquer les idées et les méthodes du patronat. Ainsi, la paix sociale pour quelques mois et le partage du pouvoir au quotidien peuvent dépendre d'une tête de veau sauce ravigote, très appréciée des deux parties...

L'ambiance dans les écoles

L'année 2022 fut l'année de la grande réforme de l'enseignement primaire et secondaire. À cette époque, l'objectif recherché n'était pas pédagogique, mais il s'agissait de ramener la paix sociale dans les banlieues où les discordes religieuses dressaient de plus en plus les communautés les unes contre les autres. Malgré la laïcité réaffirmée par le Président, devant les craintes du retour des attentats et de manifestations multiples, le gouvernement devait céder à l'ouverture d'une conférence nationale sur l'École de la République. La principale revendication des religions monothéistes était l'autorisation d'enseigner sans contrainte, dans leurs propres établissements scolaires. Ces journées furent houleuses, tellement les positions étaient éloignées. Cependant, le débat devait se poursuivre à l'Assemblée nationale et se traduire par une nouvelle loi scolaire. Laquelle renforçait sur de nombreux points la laïcité dans toutes les écoles publiques. Mais en même temps, elle ouvrait aux religions le droit de multiplier les écoles privées confessionnelles, sous réserve de respecter les contraintes suivantes :

1) L'État ne doit surtout pas gérer pas administrativement financièrement les établissements religieux et leurs enseignants.

2) Les enseignants doivent être sans exception diplômés de l'Education nationale (E.N).

3) Les éventuelles tenues scolaires et les insignes religieux ne se portent que dans le domaine scolaire privé et sont interdits dans l'espace public.

4) Les diplômes préparés et passés par les élèves sont ceux de l'E.N.

5) Il est fait obligation aux chefs d'établissements d'accepter, si besoin, la visite surprise d'un commissaire de police et de ses subordonnés.

6) La loi impose la publication annuelle des rapports suivants : moral, financier, d'activités. Lesquels seront envoyés et commentés si besoin au préfet local.

Ainsi, l'année suivante on vit apparaître de nombreuses écoles et collèges d'obédiences religieuses différentes sur le territoire national. Évidemment, toutes se jalousaient et se regardaient « en chiens de faïence », d'autant que pour fonctionner ces nouveaux établissements devaient aller chercher des financements dans des pays étrangers, pas tous en odeur de sainteté avec la France, ce qui compliquait sérieusement notre politique internationale. Notons que des philosophes, sociologues, universitaires et quarante-huit pour cent de nos élus de la République avaient formulé des remarques, des avis contraires, des pétitions et incitaient la population laïque à manifester dans le pays, pour démontrer « tout le mal » que ces intellectuels pensaient de cette loi. Dans un premier temps, cette réforme de l'école avait semblé calmer les revendications et détendu le climat social dans les villes et banlieues.
Mais à la réflexion, si la rue était calme, les esprits, eux, se tendaient et la haine montait en sourdine entre les églises de la République. En fin d'année scolaire, la veille de partir en vacances, la nouvelle grande chaîne de télévision privée TVHavas et les journaux, publiaient les résultats d'une vaste enquête de l'Assemblée nationale. Outre les commentaires affligeants sur l'ambiance et la baisse marquée des résultats aux examens nationaux, des images alarmantes donnaient des frissons à la population, lorsque l'on apprenait que dans certaines classes de collèges de banlieue, aucune main ne se levait lorsque les enseignants et les enquêteurs posaient la simple question suivante : « lesquels d'entre vous se sentent français ? »

En 2023, l'enquête de la DCRI sur *la grande panne* du Net dans le milieu scolaire fait apparaître des résultats très différents dans les écoles d'État et privées. Certes, ils sont à mettre en relation avec les milieux sociaux disparates, mais surtout avec le « laisser-faire » plus ou moins marqué des parents et des chefs d'établissements devant l'utilisation des outils multimédias et numériques par les jeunes. Il est vrai que : dans certaines écoles religieuses, les Smartphones sont interdits, dans d'autres l'accès au Net est débranché. Par contre dans l'enseignement public, la tablette communicante 5G est utilisée par les élèves toute la journée comme moyen pédagogique prioritaire et Google dans certains cours remplace totalement les professeurs. Il est donc évident que la *grande panne* d'Internet est vécue très différemment, suivant les écoles et leurs obédiences religieuses…

Mardi matin, Mme Montalgot ouvre la réunion.

Ce matin, dans un salon d'un hôtel particulier, Jeanne attend ses invités avec sa mise en scène habituelle, sourires, claque dans le dos, croissants, pains au chocolat. Pour les habitués du bistro et les accros du petit casse-croûte viril, trône sur la table un petit tonneau de blanc sec de son terroir. Le premier à se présenter est Robert Leprôneur, toujours aussi élégant septuagénaire au look d'homme moderne.

Jeanne reformule alors sa phrase de l'avant-veille :

– Robert, il y a urgence de réparer cette *grande panne numérique*, c'est la panique dans le pays tout entier.

À neuf heures, la salle de réunion se remplit des personnages importants qui sont : les directeurs des grandes écoles, les centres de recherches renommés, les présidents des fournisseurs d'accès au réseau Internet, les organismes de Télécommunications. Le patron de la Fnac, qui est aussi un grand ami de Robert, représente tous les vendeurs des matériels numériques et les constructeurs et importateurs de tous les matériels informatiques.

Notez que Jeanne ayant raté dans sa jeunesse deux fois l'entrée à l'ENA, n'a pas invité le directeur de cette école, prétextant qu'à priori les sujets techniques ne les concernent pas, ce qui est aussi une belle revanche, sur son passé.

Mme Montalgot salue et remercie tous les participants, elle rappelle l'urgence, la nécessité de trouver des remèdes même s'il faut bousculer des idées toutes faites, des habitudes ou encore pousser en retraite des patrons. Elle termine en précisant qu'elle assumera elle-même, toute la responsabilité de la communication de ce *groupe de réflexion*. Puis, indiquant qu'il était inutile de présenter Leprôneur, l'homme étant connu de tous, elle s'en remet à ses vertus d'animation et de conduite des hommes. Delphe intervient ensuite pour donner un éclairage quantitatif et qualitatif des pannes et problèmes rencontrés sur le territoire ce lundi matin à dix heures trente.

Ensuite, Robert fait la lecture du premier rapport des services secrets DGSI, puis il commente une note étoffée du ministère de l'Intérieur, donnant un éclairage avisé sur la probabilité que le grand désordre du Net soit un virus filtrant généré et mis en ligne par des islamistes ou autres extrémistes. Tous les présents dans la salle pensent que cette hypothèse est plausible, sous réserve de l'assistance technique et logistique d'une grande puissance étrangère. Ce qui impliquerait aussitôt de grandes complications diplomatiques et géopolitiques. Un tour de table avec une mise en situation de *brainstorming* permet de dégager trois grands chantiers d'études spécifiques qui feront l'objet de sous-groupes de travail distincts. Après un débat parfois houleux sur les appointements réclamés par tous les participants, Jeanne clôt le débat en fixant une enveloppe financière copieuse qui ravit tout le monde.

Trois responsables et animateurs de sous-groupes sont enfin désignés, des noms de grands spécialistes nationaux sont proposés comme animateurs, non pas par magie, mais préparés minutieusement la veille dans le bureau de Jeanne. Des rendez-vous sont pris, des salles retenues, la discrétion totale est demandée et chacun doit faire parvenir demain son relevé bancaire personnel au secrétariat de l'édile.

Il est treize heures, lorsque Montalgot fait la synthèse en concluant énergiquement :

– Je vous demande de mobiliser vos responsables et les hommes de vos laboratoires et cela au plus vite, car la France va vous regarder dès demain et attendre vos conclusions dès après-demain. Aussi, je vous donne trois jours et pas plus, pour comprendre la panne du Net et ses conséquences ; trouver un ou des remèdes ; puis des idées pour restaurer la confiance totale des Français en notre technologie nationale et surtout innover pour remettre le pays en marche. Rendez, s'il vous plait, prioritaire ce grand chantier en commun et j'ose le dire, mettez en sommeil vos propres études, vos recherches, vos urgences actuelles. Enfin, je charge mes amis Delphe et Robert de prendre la direction des opérations, c'est l'homme qu'il nous faut pour animer et faire les synthèses des groupes, puis sortir notre pays de l'ornière. C'est notre mission à nous tous, aussi dans huit jours, je ramasse vos copies ! Je compte sur vous et vous en remercie. Les corps se détendent, des bruits de chaises, du brouhaha, les plateaux-repas arrivent, les agendas s'ouvrent, dès demain les réunions vont se tenir.

Les observations de la DGSI

Voici les termes du premier rapport d'observation de la DGSI envoyé par porteur au ministre de l'Intérieur, il stipule :

– Au milieu de la semaine, les équipements informatiques, qu'ils soient tertiaires, industriels ou grand public sont totalement en dysfonctionnement, même s'il faut distinguer quelques différences de symptômes et de réactions entre quatre systèmes d'exploitation qui sont sur le marché national. Statistiquement, il apparaît que les ordinateurs en Windows et Androïdes sont rapidement vulnérables, alors que les Apple ne tombent en panne qu'après quelques heures de mise sous tension. Par contre, les systèmes libres en Linux genre Ubuntu, certes très peu nombreux sur le marché, sont encore en fonctionnement normal au-delà de la dizaine d'heures.

– Globalement, on observe qu'après leur mise sous tension, les ordinateurs s'arrêtent brutalement après quatre ou cinq minutes de fonctionnement. Cet arrêt ne semble pas lié au logiciel ni à l'application qui tourne sur la machine PC. Le phénomène se reproduit à chaque mise sous tension, comme si le défaut était à retardement et demandait quelques minutes pour se développer et s'affranchir. Le blocage total de la carte mère exclut toute analyse à chaud des fichiers et des procédures. S'il s'agit bien d'un virus, hypothèse non encore vérifiée, son mode de fonctionnement est analogue à un phénomène de physique bien connu et porte le nom *de ligne à retard* ou encore à une charge lente de capacité qui ne se déclenche qu'au seuil haut d'une probable tension normalisée de cinq volts ou douze volts. Ainsi, le virus ou le ver serait tapi dans le cœur de l'ordinateur et se donnerait la liberté de jouer à cache-cache avec les techniciens et dépanneurs. Comme dans toutes les pannes fugitives, l'expertise est complexe puisque la traditionnelle méthode dite par substitution, pour trouver l'origine des pannes, est dans ce cas inapplicable. De plus, dans les ensembles touchés par le phénomène, les pannes sont intermittentes cela fonctionne ou ne fonctionne pas, lesquelles sont alors aléatoires et surtout indépendantes des logiciels et des applications.
Les divers phénomènes des attaques du supposé virus seraient à tendance sinusoïdale et se compliqueraient avec des fréquences variables. Bref, les techniciens y perdent leur latin !

Mais finalement, est-ce bien un big-virus que nous recherchons, ou un autre phénomène ?

Le cours SVT

La salle de cours Sciences de la Vie et de la Terre est grande, dans le fond les ordinateurs sont alignés les uns à côté des autres sur de longues tables. Les trois rangées de PC font penser à une entreprise de télémarketing en Week-end. Aujourd'hui, Guy a rassemblé tous ses élèves sur des chaises disposées en conférence pour accroître la convivialité. Des échanges et questions fusent dans sa direction, mais vigilant, il fait en sorte d'atténuer les effets de *la grande panne*. Certes, il sait bien que la préoccupation des ados porte sur leur Smartphone devenu muet et qu'ils regardent tristement toutes les dix minutes pour savoir si le Net est de retour. Les écrans sont encore illuminés, mais les icônes des applications sont devenues pâles et inactives.

Guy est passionné depuis dix ans par son métier et sa discipline est appréciée des adolescents. C'est une chance pour lui, alors qu'il ne cesse d'entendre ses collègues se lamenter du désintérêt constaté et exprimé par l'actuelle jeunesse. Cependant, depuis quelques jours il est inquiet et commence aussi à manquer d'arguments pour rassurer toute cette jeunesse qu'il aime bien. Certes, ils sont physiquement présents, mais absents intellectuellement et probablement envahis de pensées alarmistes qu'ils ne maîtrisent plus.

Alors, en ce début d'après-midi, tout en expliquant une nouvelle fois ce qu'il croit savoir de *la grande panne*, il se demande comment il va pouvoir assurer son cours d'informatique sans les PC, sans le réseau, et surtout tenter de mettre en sommeil la colère des élèves qu'il sent croître envers la société. Le professeur voit bien que ses élèves sont sceptiques et qu'ils sont persuadés que les adultes leur racontent des histoires à dormir debout. Pour eux, l'idée que la société numérique puisse s'écrouler aussi lamentablement leur semble impossible. Depuis qu'ils sont enfants, ils jouent et manipulent des jouets motorisés puis des matériels de plus en plus électroniques et maintenant tous numériques. Alors, pourquoi voulez-vous qu'ils imaginent que cette évolution puisse s'arrêter, que le système régresse parce que l'homme ne maîtriserait plus ce toujours plus performant, toujours plus rapide, en même toujours plus miniature ?

Ce big-bang qui vient de se produire sur le Net, n'est-il pas au contraire une action délibérée des adultes, pour freiner l'engouement numérique incontrôlé des jeunes pour le Net et les éloigner ou les faire décrocher de leurs réseaux sociaux qui remplissent leur vie et commencent les rendre dépendants en captant toute leur attention ?

Le sujet de discussion s'épuisant, Guy comprend que rien n'est joué et qu'il doit maintenant démontrer aux jeunes que le réseau PC du collège est bien inopérant. Il demande à ses élèves de le suivre et de s'installer derrière les machines. Avant toute chose il informe :

– Ce matin, le réseau n'a pas démarré à huit heures. Quand je suis entré dans cette salle d'informatique, j'ai aussitôt en urgence débranché le coaxial du réseau et mis le réseau en fonctionnement manuel pour ne pas aggraver la situation.

Un élève demande :

– Mais alors, le virus destructeur est-il déjà dans toutes les machines ?

Guy, soulève les épaules et propose :

– C'est ce que nous allons découvrir ensemble, mettez maintenant chaque PC sous tension et chacun de vous prendra la parole pour indiquer ce qu'il constate sur la machine devant lui.
L'on entend les turbines vrombissantes des seize ordinateurs démarrer dans la salle informatique. Alors que d'habitude, ce cours SVT très apprécié engendre de la décontraction et de la gaieté, le moment devient grave. Le suspense prend les tripes de tous les adolescents. Les jeunes deviennent curieusement muets et concentrés.

Jeanne apprend vite…

Dans son bureau ultra moderne, Jeanne est en réunion avec son cabinet pour préparer sa rencontre de demain avec des journalistes de la presse multimédia et informatique. Elle est consciente que sa formation technique ne lui donne pas les moyens d'affronter et de répondre à toutes les questions et subtilités du monde numérique, de ses octets et des bits. Cependant, elle est comme tous les personnages polyvalents du monde politique ou même des grands patrons, capable avec quelques leçons d'éminents spécialistes d'emmagasiner rapidement une foule d'informations et de connaissances sur un domaine quelconque. Il faudra ensuite, avec un culot étonnant, restituer le tout à des journalistes médusés par son savoir inattendu. Simple exercice de style dira l'édile concerné par cette formation ultra rapide !

Songeons par exemple à nos ministres qui prennent des portefeuilles du jour au lendemain sur des sujets ou spécialités qui à priori sont aux antipodes des leurs. Le médecin sera chargé de l'agriculture, l'avocat de l'armée, l'assureur de la santé, le prof d'histoire du sport.

Généralement, dans notre République, ces candidats aux *marocains* ne sont pas nommés suivant leurs cursus ou leurs professions, mais s'imposent par de subtiles combinaisons et équilibres politiques entre les partis, les régions qu'ils représentent, la parité, la capacité de s'imposer ou de paraitre dans le milieu professionnel en question. En somme, c'est un peu, mais avec plus de réussite, comme dans l'ancien service militaire, où le coiffeur allait aux cuisines et le cuisinier coupait la barbe et les cheveux !

Alors, faut-il s'étonner que certains ministères tâtonnent quelques mois et manquent alors d'efficacité ou dysfonctionnent sur des sujets basiques ? Peut-être aussi que la grande École d'Administration d'où sont issus tous ces hommes appelés « hommes ou commis de l'État », est finalement une institution ou l'on forme des généralistes capables de s'adapter à tous les sujets du jour au lendemain, après avoir reçu un vernis efficace de huit jours de formation instillés par deux ou trois spécialistes.

On a tous en mémoire, d'avoir écouté à la radio un matin sur un sujet grave et en crise, un nouveau ministre de la pêche qui la veille était encore dans son cabinet médical. Lequel, devant un aréopage de professionnels argumentait et démontrait l'intérêt de la nouvelle loi européenne votée à Bruxelles la semaine précédente. Même si ces personnages sont de beaux baratineurs, avouons tout de même qu'ils sont des surprenants téméraires et n'ont pas froid aux yeux…

Donc, par définition dans notre république, un ministre est opérationnel dès sa nomination annoncée par le secrétaire général du Premier ministre, sur le perron de Matignon. Le promu n'ayant été informé par téléphone que trente minutes avant la presse !

Jeanne fait donc partie des personnes qui ont une grande adaptabilité. Devant cette *grande panne* d'Internet, elle a décidé de jouer en solo son avenir politique, elle se doit d'engloutir et apprendre une foule de choses et de chiffres au plus vite. Dans les semaines et mois qui viennent, ses nuits seront courtes, on la regardera faire, les médias la zoomeront, elle devra surprendre, prendre des initiatives qui devront être toutes heureuses. Mais déjà, on fait l'éloge de sa grande efficience dans le pays…

À l'Assemblée nationale

Sur le perchoir de l'Assemblée nationale, le président tente de rétablir le calme en cette journée de mercredi, jour des questions au gouvernement. C'est une séance exceptionnelle et c'est même un record de participation des députés, jamais atteint dans l'histoire de la République. C'est d'autant plus performant que tous les moyens de déplacement sont en ce troisième jour de *grande panne*, sont sérieusement enrayés. Depuis hier matin, les administrations parisiennes et régionales, déjà amputées d'internet et de téléphone fiable, ont dû louer des centaines de voitures avec chauffeurs et surtout des deux roues pour faire passer les messages urgents, les ordres des gouvernants, de la police et autres services officiels.

C'est ainsi que le président Bartelongue du Parlement a fait parvenir aux députés une convocation avec présence obligatoire à cette séance du mercredi de la chambre des députés. Dans la France profonde, pour informer les citoyens privés de radio, de journaux et de télévision, les préfets ont exigé des maires des communes de rétablir les panneaux d'affichage d'antan. L'on se demande sérieusement si les gardes champêtres des années cinquante ne vont pas refleurir avec leurs curieuses moustaches et leurs tambours, pour rassembler les populations aux cris de : « Avis à la population ! »

À la tribune et avant les questions au gouvernement, le Premier ministre, le ministre de l'Intérieur et le chef du quai d'Orsay, font le point sur la situation difficile dans le pays, ainsi qu'en Europe. L'ambiance est très chaude, l'on s'interpelle beaucoup, l'on s'invective un peu de gauche à droite, mais pas plus que d'habitude. Les rappels à l'ordre du président pour rétablir la sécurité n'ont aucune efficacité aujourd'hui. L'absence de retransmission de la séance à la télévision prive les députés de leur visibilité par leurs électeurs. Ils sont donc moins fringants politiquement que d'habitude et sont obligés d'écouter les débats puisque leurs tablettes et Smartphones ne peuvent être utilisés. Reste qu'ils peuvent quand même se divertir ou s'informer de *la grande panne* nationale avec la presse quotidienne qui a réussi l'exploit de paraitre en deux seules pages dans des conditions rocambolesques.

Pendant cette séance très spéciale, la droite se déchaine sur la lenteur du gouvernement à trouver le ou les responsables de cette panne numérique qui paralyse le pays. Le Premier ministre est invité à démissionner pour incapacité caractérisée à prendre des décisions urgentes. Le ministre des Télécommunications fait son habituel show à la tribune et clame qu'il va tenter de résoudre seul le problème d'internet dans les jours qui viennent. Le ministre des Affaires étrangères explique combien les relations avec les autres capitales sont techniquement complexes actuellement. Il annonce son projet d'organiser un sommet européen du numérique et du Net la semaine prochaine pour coordonner la recherche de solutions et sécuriser enfin Internet.

Un député du PC interpelle bruyamment deux femmes ministres, l'une de l'Éducation nationale et l'autre de la famille, sur la santé morale précaire et psychologique des adolescents devant leurs grands abus de fréquentation des réseaux sociaux qui envahissent leurs esprits. Il propose de profiter de la *panne du Net*, pour préparer une future campagne de communication nationale de mise en garde du monde virtuel numérique, qui sera utile dès la reprise des activités Internet. Le ministre de l'Intérieur est pris à partie par l'extrême droite, qui lui reproche toujours et chaque semaine de ne pas interdire l'accès au Net aux voyous de la République en tous genres : les islamistes, les pédophiles, les drogués, les pornographes et autres malades. Bref, toute la *racaille* en souvenir de l'expression orale d'un ex-président de la République, qui fit grand bruit.

D'ailleurs, il semble qu'aujourd'hui la France soit totalement divisée, sur l'appellation des réseaux sur le Net. Les jeunes continuent de parler de leurs *réseaux sociaux* et les parents et le corps médical parlent eux, des *réseaux asociaux*. Au point que dans certaines familles les divergences parents-enfants deviennent dramatiques et proches de la rupture.

Les écologistes politiques.

« Notre Maison Brûle et nous regardons ailleurs », s'écriait un ancien Président lors du Sommet de la Terre à Johannesburg en 2002. Qu'avons-nous changé concrètement depuis cette célèbre phrase ?

Certes, La COP21 de Paris a répondu à cette question, la prise de conscience internationale a été forte et l'accord universel et contraignant obtenu. Cette année-là, malgré les blessures des attentats sauvages, la France s'est montrée brillante et entraînante pour proposer au Monde entier une véritable transition vers une économie. En 2023, l'actuelle *grande panne du Net*, ne fait pas oublier que des décisions et applications de l'inefficace COP26 tardent à se mettre en place.

Manifestement, il est indispensable maintenant d'agir plus intensément, car le réchauffement climatique s'amplifie et les catastrophes se multiplient ; les inondations, les cyclones, la fonte des icebergs et des glaciers, les niveaux des mers menacent bon nombre de pays. Déjà, le sable s'annonce dans le sud de la France, les bananiers s'y installent, en Normandie le vin commence à tutoyer le cidre, les côtes anglaises rivalisent avec le soleil de Nice.

Autre question troublante, pourquoi le mouvement écologiste ne fait-il toujours que douze pour cent des votes aux élections nationales ? Pourtant, tous les citoyens semblent bien conscients de ce sujet crucial et des enjeux majeurs qu'il représente. Ils sont donc un peu, ou beaucoup, individuellement tous écologistes dans leur tête. Cependant, au moment de voter ils n'ont pas la volonté, ni l'envie de voter pour les Verts, pour entrer dans une démarche collective, pourtant la seule solution pour que les choses bougent et s'engagent enfin au quotidien. Probablement, aux yeux des Français, les hommes politiques qui se disent écologistes nous montrent au quotidien les mêmes défauts, les mêmes querelles,

les mêmes mensonges, les mêmes velléités d'accéder et de se maintenir au pouvoir, que les autres politiciens… Alors, qu'ils devraient nous parler de l'homme sur la terre et nous guider pour éviter la destruction à petit feu de notre planète. Pourtant, la grande famille écologie qui se déchire souvent, ne manque pas de leaders charismatiques et désintéressés et même brillants, mais ils sont généralement indépendants et en marge du parti politique Écologie officiel les Verts. Lequel est piloté par des responsables peu avocats de la nature au quotidien, mais surtout en recherche d'un mandat électif ou encore d'un marocain ministériel.

Parallèlement et depuis des années, Jeanne Montalgot, appuyée par Dany le Rouge et son amie Delphe militent pour la dissolution immédiate des nombreux et différents partis Écologie dans toute l'Europe, afin qu'émerge une conscience écologique minimale et commune, regroupée dans un Institut Européen COP26, financé par Bruxelles. Ils proposent aussi de remplacer rapidement le vocable *écologie* maintenant devenu trop politique et galvaudé, voire négatif, au profit du terme *développement durable*, plus significatif et global, en espérant qu'il ne soit pas récupéré par la gauche ni par la droite !

Un groupe de retraités

Il est un peu plus de dix-sept heures à Travers-en-Provence, une dizaine de retraités patientent devant la Maison des Associations encore fermée. La discussion semble mouvementée et l'on échange fermement sur les évènements de la nuit des élections. Certes, ils sont venus s'imaginant bien que leur cours d'informatique n'aurait pas lieu, d'autant que le professeur bénévole Chris doit être, depuis hier, harcelé par d'autres élèves qui réclament des conseils et dépannages. Évidemment, eux aussi ne manquent pas de questions et sont avides d'explications sur *la grande panne* du Net. Que la leçon du jour soit annulée passe encore, mais ne pas savoir que faire si le PC ne s'allume plus, les rend inquiets. Le groupe se compose de huit femmes et deux hommes, tous âgés de soixante-cinq à quatre-vingts ans.

Remarquez cette étonnante parité femmes/hommes inversée, contraire à ce que l'on critique et met en évidence en France... Voilà quatre ans que tous ces gens fonctionnent ensemble. Pour rien au monde, ceux-ci n'oublieraient leurs cours du mardi. L'homogénéité et l'ambiance au sein du groupe sont remarquables et Chris est souvent ému devant les efforts qu'ils font pour aborder une technologie bien postérieure à leur génération. Tenez par exemple cette vilaine souris qui fait tordre le bras et le cou de Marcel le gaucher, mais qui cependant n'abdique jamais devant les difficultés !

Chris aime parler de ses cours aux seniors à ses amis et relations. Il est très loquace et très écouté lorsqu'il explique les raisons de la nombreuse présence féminine. La thèse qu'il défend met en avant la capacité de la femme, quand elle rencontre un problème ou une difficulté, d'avouer : « je ne sais pas », et en même temps, elle mettra beaucoup d'énergie et trouvera du temps pour combler ses lacunes. De plus, la femme est curieuse et sa sociabilité n'éprouve pas de crainte pour fonctionner dans un groupe constitué d'inconnus. L'homme est d'une nature tout autre, il lui est presque impossible de reconnaître qu'il ne sait pas faire ou ne comprend pas une nouveauté. Sa préoccupation première est de cacher ses lacunes et son manque d'envie de remédier au problème. Pour s'en sortir la tête haute, il entre dans le mensonge ou encore, joue à l'indifférent en déclarant sérieusement : « Cela ne m'intéresse pas, je préfère la chasse et la pêche », sous-entendu une activité plus virile. Chris affirme que dans la grande population des retraités, c'est l'épouse qui majoritairement gère l'outil et le réseau informatique de la maison. L'étonnement est à son comble, lorsque l'on sait que les adresses électroniques de ces mêmes couples portent cependant

le prénom de monsieur… alors qu'il ne s'installe presque jamais devant l'ordinateur.
Est-ce la nouvelle fragilité des hommes devant l'audace des femmes qui maintenant s'emparent sans complexe de tous les sujets … ?

Dans une banque

L'agence bancaire BPN de Guy, venait tout juste d'être rénovée le mois précédent et la direction régionale de PACA en était très fière. Au point qu'elle avait décidé d'en faire une vitrine pour toute la région. N'avait-on pas déjà multiplié les publireportages et les communiqués dans la presse, sans oublier la brochure nationale BPN, où l'on montrait des photos de cette nouvelle agence high-tech et hyper branchée, dont le concept serait généralisé dans toutes les régions de Navarre ? Le jeune directeur, diplômé des Hautes Études Commerciales, jouait presque le playboy sur toutes les belles pages de la plaquette commerciale. Il s'y exhibait en costard, en pull cool, au bureau, sur les greens ; on avait seulement évité de le mettre en maillot de bain léopard, sur la plage de Cannes.

Mais la réalité d'aujourd'hui est tout autre. Guy, ce client lambda de cette agence BPN, essaye sans succès depuis deux jours de retirer quelques gros billets au distributeur. Seulement voilà, la tourmente de *la grande panne* du Net, a rendu l'engin non réceptif à sa demande et affiche ce message : « Appareil en dérangement, merci de renouveler votre demande. »

Il faut donc se résigner à utiliser l'automate et s'adresser au guichet où déjà, la file d'attente des gentils clients est impressionnante. Sur les portes d'entrée, des affichettes indiquent que tout va mal… Le réseau est défaillant, les systèmes de sécurité ne protègent plus rien, la salle des coffres est inaccessible, l'éclairage et la climatisation sont aussi en panne.

Sur l'affiche principale de l'entrée, un petit Nota Bene donne l'explication que seuls les clients s'ils sont techniciens peuvent comprendre :

« *Tous nos matériels, les organes de sécurité et toutes nos procédures informatiques sont sur le réseau Wi-Fi local. Les agences régionales BPN entre elles sont en relation par Internet. Ceci explique la panne générale actuelle dans notre société. Veuillez nous en excuser.* »

Ainsi les choses sont claires et lorsque Guy arrive dans la salle d'attente, après quarante minutes de file indienne sur le trottoir, il aperçoit dans un désordre complet, à gauche de la porte du directeur, une petite montagne d'ordinateurs jonchant le sol. « Probablement, tout ce matériel est en panne », se dit-il ! Des collaborateurs BPN très énervés courent dans tous les sens et Guy remarque qu'ils ont à la main, une machine à calculer assez grande, comme celle que lui-même utilisait dans les années 2000. La conversion de ces jeunes commerciaux très informatisés, tous issus des belles écoles de Commerce, devant s'adapter aux technologies anciennes (papiers, crayons, gommes, calculette) et surtout au calcul mental élémentaire, doit être compliquée pour eux, pense-t-il.

Tout à l'heure, dans la file d'attente, des bruits couraient que l'on ne pouvait pas retirer plus de trois-cents euros par semaine et cerise sur le gâteau, qu'un riche client avait été bloqué trois heures dans la salle des coffres, le dimanche soir de *la grande panne* du Net. La température qui règne dans la banque est étouffante, il y a une demi-heure elle était glacée. Ce chaud/froid cyclique est l'œuvre de la régulation de l'installation qui est devenue folle, depuis *la grande panne* ayant sinistré le Wi-Fi de la BPN.

Sur le plan financier, les clients sont dans l'incapacité d'avoir des informations sur leurs comptes, sur le Net n'en parlons pas, mais aussi en direct dans les agences. C'est vrai aussi, pour toutes les banques de France, qui ont acheté en urgence un parc informatique neuf de remplacement. Lequel n'a surtout pas été branché sur le réseau ni sur le Web, de peur de trouver de nouveaux problèmes… De jeunes gens sont recrutés en urgence pour fabriquer manuellement de nouveaux fichiers Excel et alignent des centaines de tableaux pour y glisser des milliers de chiffres.

À Paris, la Bourse continue discrètement à fonctionner à vide, semble s'autoalimenter pour occuper le temps, les Français s'en désintéressent totalement. Chaque soir, le concierge du CAC 40, dans son palais Brongniart, écrit sur un gigantesque tableau noir d'antan et à la craie blanche, les résultats peu brillants de la journée. Dans la salle des coffres de l'agence BPN de Guy, les lingots d'or et surtout les gros bijoux de madame de Balencourt, habitués à être regardés et surtout caressés, commencent à s'ennuyer profondément…

Le billet d'avion.

Il y a urgence ce matin pour Colette une amie de Martine, dans cinq jours elle doit s'envoler pour la belle Santorin. Son billet d'avion avait été acheté sur le Net la veille de *la grande panne*, sur un site spécialiste du voyage de la dernière minute en vol *low cost*. Jusqu'ici tout allait bien, la date est compatible avec son job, le prix était spot, le seul frisson avait été de devoir attendre la confirmation définitive et si le règlement sur le Net avec une carte bancaire n'avait pas fait l'objet, comme l'année passée sur le même sujet, d'une nouvelle arnaque. D'ailleurs, sa réservation de voyage n'avait pas été simple, car acheter un billet sur le Net, quel que soit le mode de transport, est très périlleux et stressant. C'est en effet, un exercice complexe qu'il faut mieux faire au saut du lit avec l'esprit reposé et non en fin de journée professionnelle, la tête fatiguée. D'autant, que le trafic aérien n'est plus trop d'actualité, les vols ont fortement diminués depuis 2020. La crise sanitaire et surtout leurs effets néfastes sur le bilan carbone de la planète sont mis en évidence. Le TGV s'impose maintenant sur la France entière et une partie de l'Europe…

Généralement, l'on doit s'y reprendre à trois reprises, avant de cliquer sur les bons boutons et liens indispensables à la procédure longue et complexe. D'autant que si vous ratez un détail, un mot, une astuce au sixième écran, le système annule tout, revient au premier écran et évidemment vous devez refaire toute la séquence. Finalement, le temps de maugréer après soi, d'injurier l'ordinateur, de bannir le concepteur du site et la société qui vend, puis de ressaisir toutes les données, c'est un quart d'heure de plus de perdu… et un pouls qui est passé à cent-vingt de colère ! Mais ce n'est pas tout… Car des bruits courent sur la Toile, que des logiciels très spécialisés vous accrochent en vous faisant miroiter de super prix, ensuite ils vous sèment dans les méandres de la procédure, et cerises sur le gâteau : à chaque fois que vous recommencez la procédure, vous constatez que le tarif a curieusement augmenté et même sensiblement… Au troisième essai, énervé et désespéré, vous n'en pouvez plus et ainsi résigné, vous acceptez, de payer vingt pour cent plus chers qu'au premier passage, soit le même prix que si vous étiez tranquillement et sans stress passé dans l'agence de voyages de votre quartier. Mais comment faire, aujourd'hui, sans les outils du Net et du téléphone pour récupérer au plus vite son billet et aussi sa carte d'embarquement ?

Colette apprend par un ami que dans les campagnes, certaines cabines téléphoniques non branchées en ADSL sur le Net, fonctionnent encore. Alors, elle saute dans sa voiture, s'arme de courage et se met à battre la campagne. Eurêka, en voilà une qui est opérationnelle. Commence alors une nouvelle aventure, celle de faire et refaire quatre fois le numéro 0800… très embouteillé.

Puis l'incompréhension totale au téléphone avec une opératrice au fort accent de l'Afrique du Nord, qui lui demande son mot de passe et ses références internet, lesquels sont évidemment enfermés et illisibles dans son ordinateur en panne et hors d'usage. Le dialogue de sourds dure sept minutes et quand le problème est enfin compris par l'opératrice, la communication est alors coupée. Il faut alors rappeler trois fois le numéro de la société, pour avoir cette fois-ci un autre opérateur, lui aussi probablement Tunisien et refaire le même parcours, également sans issue. Alors totalement énervée, Colette épuisée est devenue aphone d'avoir parlé, de s'être emportée, d'avoir crié et juré après la terre entière. Découragée, elle raccroche le combiné en larmes, sort vacillante de la cabine et apercevant un banc public, elle s'allonge en clamant :

– Adieu l'île de Santorin, j'irai en Bretagne !

Dans les administrations

Après de longs mois de pandémie, les fonctionnaires devenus des adeptes du télétravail ont été tous heureux de retrouver leurs bureaux et la machine à café de l'étage. Mais aujourd'hui, avec cette *grande panne* soudaine, quelle est la nouvelle situation et comment s'organise-t-on maintenant dans les administrations françaises ?

Au début et dès le lendemain, les fonctionnaires sont étonnés de voir leurs réseaux desservant leurs multipostes tout simplement s'arrêter, même si les postes de PC autonomes ne sont pas touchés. Le premier réflexe de l'employé modèle et protégé par son statut est de ne pas considérer la panne comme sérieuse et de penser que son administration dans sa puissance, dans son pouvoir, ne peut être touchée autrement que par un accident matériel mineur. Alors, dans ce cas, la consigne est d'appeler le service de *maintenance informatique* de la maison.

Dans cette situation, le fonctionnaire se met en attente et attend des jours meilleurs. Et ceci d'autant plus, que dans toutes les administrations, l'informatique a supprimé tous les dossiers et papiers. Tout juste peut-être, reste-t-il le premier document/

questionnaire reçu du citoyen. Par la suite, son envoi est aussitôt scanné et transformé en plusieurs fichiers numériques, puis successivement en tableaux, en statistiques, puis graphiques. Le parcours informatique final est un courrier administratif lui réclamant de l'argent ou lui attribuant une prime ou une indemnité dans le meilleur des cas. Donc, sans l'outil et les réseaux informatiques, les grandes administrations, la Sécurité sociale, les Impôts, les Douanes, les collectivités communales, ne peuvent pas fonctionner normalement. Seules les unités très locales peuvent enregistrer les réclamations et plaintes, mais celles-ci ne seront traitées que lorsque l'informatique lourde et centralisée sera réparée.

Notons également la surprenante information qui vient de tomber et fera plaisir aux Français si la panne se prolonge et devant l'impossibilité technique de recouvrer correctement à l'impôt 2023, le ministre du Budget envisage *une année blanche fiscale*, c'est-à-dire de laisser la possibilité à tous les Français de payer ou de différer les paiements en 2024/25. Il précise d'un cadeau fiscal pour tous de dix pour cent est envisagé. Alors, vive *la grande panne* et son opportunité fiscale !

Dans la santé…

Les groupes électrogènes ont pris correctement le relai de la grande panne d'électricité et des transmissions pneumatiques par tubes entre les services ont été installées rapidement pour les informations urgences.
Les soignants habitués à la médecine de crise depuis quatre ans ne s'étonnent plus de rien… ni des nouveaux problèmes qu'ils rencontrent. Devenus philosophes malgré eux, ils s'adaptent au retour des papiers, dossiers et notes de service que des coursiers transportent dans les étages et à l'extérieur des établissements. Toute la télégestion administrative des soins est bloquée et les

remboursements aux patients sont devenus impossibles. Les hôpitaux, les cliniques, les cabinets médicaux sont isolés de toutes les caisses régionales de la Sécurité sociale.

Comme pendant la dernière pandémie du Covid, une loi est votée par les députés afin de rendre certains actes et petites prestations médicales gratuites pour une durée indéterminée. L'ensemble du corps médical est prié de faire face à ses responsabilités, de se souvenir du serment d'Hippocrate et de ne pas compter ses heures d'activités. En retour et jusqu'à la fin de *la grande panne*, l'ensemble du corps médical percevra de l'État son traitement et des primes copieuses et égalitaires.

Globalement, malgré l'obligation de la mise en service de tous les appareils médicaux en service autonome, la qualité des soins est assurée.

Le monde du travail

Dans les sociétés et depuis les confinements 2019, le télétravail s'est généralisé, au point que la médecine du travail s'inquiète des conséquences psychologiques et des dépressions pour la solitude aggravée. Les contacts sociaux manquent à tous et l'on note une baisse sensible de nombre des mariages entre collègues.

La disparition du support papier, la généralisation des tablettes numériques, le courrier électronique à outrance, modifient profondément les méthodes de travail et relations humaines entre les salariés. Toutes les informations, les textes, les dossiers ne sont plus stockés sur des mémoires physiques, mais dans des énormes « *nuages* » (cloud in English) qui vous suivent aux quatre coins de la planète, avec paraît-il un maximum de sécurité et avec toute confidentialité… même si les débats d'idées font rage sur ce sujet précis. Globalement, le papier et ses nombreux dérivés

(photocopies, schémas, photos, enveloppes, dossiers, chemises, livres) sont en voie de disparition puisque les informations, les écrits, les photos, les pièces jointes sont numérisés et accompagnent tous les e-mails.
Pour les activités professionnelles de chacun, les volumineux dossiers papier en tout genre ont disparu et sont remplacés par des adresses *http* dans les nuages correspondant à toutes les activités et domaines spécialisés très organisés avec des niveaux d'étanchéité et des verrous multiples. Pour travailler ou échanger sur des sujets communs ou des chantiers, l'on s'envoie, se prête ou se distribue en amont d'une réunion des adresses qui fusionnent entre elles pour créer un autre nuage spécifique qui sera partagé par tous et où chacun pourra ajouter sa touche personnelle. Tout se fait en temps réel, inutile de perdre des heures dans les rencontres physiques, inutile de parcourir les couloirs, de visiter son voisin de bureau, de se réunir, puisque tout se fait par échanges e-mails ou SMS.

Évidemment, toutes ces nouvelles méthodes échanges importantes sont retranscrites en vidéoconférences et mises en mémoire. Tout cela se fait *en live* comme disent les anglophones, lesquels sont paraît-il, encore plus branchés que les Français. Heureusement, cette nouvelle communication ne tue pas complètement, mais pour combien de temps ? Les possibilités de se trouver un fiancé ou un mari dans son milieu professionnel. La vidéo permet donc encore de séduire son collègue voisin de bureaux ou de la filiale à l'autre extrémité de l'Europe.

Mais voilà, au troisième jour de *la grande panne du Net*, le monde professionnel est déboussolé, les dossiers *nuages* ont eux aussi disparu, les intellectuels sont abattus et essayent de reconstituer sur du papier tous leurs dossiers. Heureusement, les bouchers, les boulangers et les épiciers n'avaient pas stocké leurs marchandises dans leurs *nuages.* Alors les Français peuvent encore manger, mais le moral ne donne pas tout de même l'envie de festoyer !

L'air devenu irrespirable.

Un autre sujet grave apparaît aussi avec le parc de véhicules électriques devenu très important ces deux dernières années. Devant les nombreuses coupures d'électricité, ne sachant pas si les voitures pourraient être rechargées, les sociétés et les utilisateurs méfiants préfèrent les laisser aux garages. D'ailleurs, on signale que bon nombre de ces voitures sont abandonnées en ville et attendent le dépanneur ou des branchements électriques négociés chez des particuliers. Précisons que la raison de ce développement de la traction électrique aussi rapide qu'efficace n'a pas été l'œuvre du pouvoir politique, ni de la pression des écologistes, mais celle du milieu médical.

En effet, l'année 2022 avec sa météo très nuageuse et pluvieuse fut dramatique pour des millions de citadins et les médecins de ville furent totalement débordés. On devait dénombrer des milliers de décès dus à la pollution de l'air. Dans toutes les grandes villes du territoire, des associations de « qualité de l'air » associées à l'Ordre des médecins départementaux ont multiplié les manifestations et des grèves très suivies devaient obstruer les villes les samedis après-midi. Pour mieux impressionner les pouvoirs publics et les médias, la population défilait bruyamment affublée de masques de la récente grande pandémie covid...

Le premier novembre de cette même année, dans une exaspération nationale, tous les maires des grandes villes décidaient d'interdire un jour sur deux la circulation des véhicules thermiques au profit des véhicules et transports en commun électriques. En six mois, le tournant était pris, le peuple des grandes villes venait d'imposer aux pouvoirs publics, aux élus, aux maires des villes, aux constructeurs de véhicules, au CNPF (patronat), la généralisation de la traction électrique en milieu urbain. Sur le plan technologique, ce fut presque simple, car les trois grands constructeurs d'automobiles français étaient prêts depuis cinq ou six ans à sortir le VE (véhicule électrique). On peut donc se poser cette légitime question : « Sachant que la pollution montait dans le pays depuis des années, pourquoi donc ont-ils attendu si longtemps ? La réponse est simple, et finalement à la réflexion n'étonnera personne : Il faut tout simplement, penser à l'extraordinaire puissance économique, politique et fiscale des multinationales pétrolières. Ces mastodontes de l'économie, souvent plus puissants que les états, n'avaient évidemment aucun intérêt à « autoriser » (sic) nos frileux responsables politiques, à favoriser la traction électrique. Le seul avènement qui pouvait bousculer ces petits et grands arrangements pétroliers/politiques était bien, le soulèvement de la population aidé par la faculté de médecine !

Le second élément qui devait aider définitivement l'implantation du VE en ville, fut l'organisation d'un grand colloque réunissant des sociologues, urbanistes, maires de grandes villes, syndicalistes, constructeurs et associations de consommateurs, qui mettaient en évidence, qu'il fallait « repenser la ville, pour le VE ». Avec des rues et des parkings réservés, des recharges gratuites, une interchangeabilité rapide des batteries, une fiscalité réduite, la garantie constructeurs totale du VE pendant cinq ans.

Enfin, et ce fut une énorme surprise, le remuant député Pierre Brosse, un ami proche de Jeanne proposa que la batterie du véhicule électrique ne soit plus attachée à un seul véhicule, mais devienne interchangeable rapidement comme une bouteille de gaz propane, pour un coût modique. Après la mise en place rapide d'un réseau urbain d'échanges standards, le VE n'avait donc plus de limites d'autonomie… Par ailleurs, la recherche sur la pile à combustible avançait à grands pas et sa sortie était annoncée dès 2023.

En conclusion : Les contrevérités des pétroliers, la mauvaise foi politique évidente, les constructeurs timorés, la fiscalité défavorable, tous ces freins devaient en seulement six mois voler en éclats.

Le dramatique sujet de la survie sans pollution des citadins, qui avait stagné pendant dix années, venait de faire un pas de géant !

L'ex-usine d'Henry.

Ce matin, Henry parcourt son jardin, le sécateur à la main. Il s'est donné pour mission de commencer la taille de ses arbres fruitiers, lorsque derrière lui sa femme surgit une lettre à la main. La situation est certes banale, sauf que sur l'enveloppe se trouve en évidence le logo de son ex-employeur. Voilà quatre ans qu'il est en retraite et avait presque oublié son ancien métier. Pourtant, ce n'est pas faute d'avoir connu beaucoup de satisfactions et de joies professionnelles, au point d'avoir été récompensé par un *bâton de maréchal,* celui d'être nommé ingénieur en chef de toutes les unités. Étonné et empressé à la fois, il décachette fébrilement l'enveloppe et parcourt avec stupéfaction la lettre signée du PDG, ce personnage jamais rencontré en trente années de carrière. La vue d'Henry se trouble, il n'en croit pas ses yeux et relis une nouvelle fois le paragraphe :

« *Vous n'ignorez pas que la France connait actuellement une catastrophe technologique, un virus se propage par le Net et sème la panique dans toute l'industrie du pays. Pour notre part et depuis votre départ en retraite, nous avons regroupé et centralisé à partir du siège parisien les télécommandes de nos lignes de fabrication de nos trois usines. Cette télécommande globale se fait par des modems intranet et via internet. À ce jour, l'attaque virale de la grande panne sur nos systèmes est totale et la production s'est arrêtée malheureusement hier matin, à huit heures cinquante-deux.* »

De plus en plus fébrile, Henry continue sa lecture :

« *Or, les nouveaux responsables techniques ne connaissent pas les systèmes anciens de ces commandes décentralisées, ni encore moins les réglages des régulations personnalisées de chaque usine. J'ai réuni les staffs techniques des unités qui m'ont indiqué que vous étiez le seul à pouvoir remettre nos unités en service, puisqu'à l'époque d'avant Internet, vous en étiez le cerveau. »*

Là, le Henry laisse couler une larme sur la joue.

« Je vous demande donc, Monsieur Constat, en souvenir de votre brillante carrière dans notre société de bien vouloir revenir dans vos fonctions, pour une durée courte, nous l'espérons. Si vous ne disposez pas de beaucoup de temps, pouvez-vous au moins venir expertiser les installations et prescrire ce qu'il convient de faire. Avec vous, nous pouvons éviter le chômage, les licenciements et la cessation d'activité de notre belle société.
Signé : Le Président »

Henry se pince la joue gauche, puis la droite, pour vérifier qu'il ne rêve pas. Il demande à Mariette de lui faire un café et tout en marchant vers la maison, il décide de relire une troisième fois la lettre du Président. Les larmes roulent sur ses joues, mais à la radio qui justement diffuse les informations de douze heures, il entend que : « des milliers d'ingénieurs et techniciens/régleurs retraités sont rappelés dans leurs ex-sociétés pour remettre en service des anciennes installations ou unités de production. »

Ces informations rassurent Henry, persuadé qu'il ne rêve pas : la réalité dépasse la fiction, les anciens sont donc encore dans la course et avec beaucoup d'autres, il va devoir remettre le veston-cravate. Pourtant, la nouvelle société du tout numérique et du tout internet s'était empressé de les débarquer et souvent de les jeter en retraite anticipée. Le vent tourne, un virus va-t-il résoudre à lui seul le problème du chômage des séniors ?

Tweeter, c'est gazouiller ?

Tweeter, c'est gazouiller paraît-il... comme nous l'assurent les traducteurs sérieux. Pour le Larousse gazouiller c'est : *faire entendre un son doux et modulé* et dans la littérature c'est : *produire un léger murmure ou bruire.*

Pourtant, il semble bien qu'au quotidien la réalité de *Twitter* soit toute autre, mais plutôt une application du Net sur laquelle un réseau hyper fréquenté permet à la communauté des internautes de donner son avis sur tout et n'importe quoi. En somme, cette tribune ouverte permet de débattre, critiquer, relancer, avec évidemment toutes les exagérations et débordements que permet le Net. Mais fort heureusement, l'idée géniale du concepteur est d'avoir limité la longueur du *Tweet* à deux-cent-quatre-vingts caractères, ce qui limite ou freine les grands bavards, les extravertis et laisse un peu de place aux timides et gens normaux. Pour Vincent, *la grande panne* et donc la disparition de Twitter c'est une grande catastrophe, dont voici la courte histoire : Nous sommes en 2016, Vincent un jeune journaliste déjà très branché sur les réseaux sociaux, comprend que Twitter après avoir attiré les intellectuels, les politiques et les artistes, va se répandre dans toutes les couches sociales. À la vitesse où vont les évènements sur ce réseau, il lui semble évident que les adeptes du système ne pourront jamais suivre par eux-mêmes les millions de tweets qui parcourent le Net. D'autant que ne l'oublions pas, pendant notre sommeil, de l'autre côté de la planète, d'autres tweets sont toujours émis.

Avec trois amis, ils se proposent de créer une startup originale, c'est-à-dire un mini journal hebdomadaire intitulé le « *News-Tweets* » qui relate et commente les messages et les faits jugés importants ou originaux qui ont circulé dans la semaine précédente. Chaque soir, les quatre amis font l'inventaire, la sélection, le classement par thèmes, écrivent leurs commentaires, les réactions des internautes, de meilleurs tweets des dernières vingt-quatre heures. L'assemblage de tous ces textes et photos est ensuite publié dans un journal papier et un blog Internet, la parution se fait le samedi matin. Rapidement, les deux pages du *News-Tweets* ont été un grand succès, six mois après la revue passait en quatre pages, jusqu'à cette récente vilaine et absurde *grande panne* du Net, qui vient de ruiner tous les espoirs de cette jeune équipe. Vincent désespéré vient de mettre en chômage technique ses six salariés et vient d'apposer sur la porte de ses bureaux : « News-Tweets est momentanément empêché, mais sera de retour dès que possible ! »

À la FNAC

Romain, est inquiet ce jeudi matin, depuis le début de semaine ses nuits sont trop courtes, son sommeil est chaotique et même la prise d'un Stilnox, auquel il ne touchait plus depuis des mois, ne lui a pas permis de tutoyer Morphée. Cet après-midi, à son arrivée à la Fnac, où il est vendeur depuis dix ans, il règne une curieuse atmosphère, dans cette grande enseigne. Là où d'habitude on se bouscule pour observer et toucher les beaux derniers bijoux high-tech qui sortent tout juste des containers du port du Havre, l'ambiance est devenue presque sereine et feutrée. Il y a encore quelques jours, sur les gondoles linéaires de vente, la guerre Samsung/Apple battait son plein. Aujourd'hui, il ne reste plus qu'une dizaine d'ordinateurs à vendre, qui ne se battent même plus en duel, puisqu'ils sont probablement tous contaminés.

En regardant tous ces cadavres numériques sur les étalages, Romain qui adore les plaisanteries se demande si la guerre numérique n'est pas terminée et si ces deux réputés géants de l'informatique n'ont pas signé l'armistice. Seraient-ils passés du statut de belligérants à l'amitié ?

En début de semaine, l'ordre a été donné à tous les vendeurs de déconnecter tous les ordinateurs du réseau câblé ou du Wi-Fi de la Fnac. À côté, sur le rayon des tablettes et des Smartphones l'ambiance est identique, les vendeurs se tournent les pouces, tout en espérant que chez eux, derrière leur dos, le facteur ne dépose pas des lettres de licenciement toutes fraîches. À l'autre extrémité du magasin, c'est l'inverse, la fièvre monte au rayon musique, les DVD se vendent comme des petits pains. Il faut se réjouir de tous ces gens qui faute d'Internet, ont décidé d'occuper leurs loisirs avec la musique et probablement aussi avec la lecture, puisqu'au rayon des livres la fréquentation est importante. En regardant précisément certaines personnes déambuler nonchalamment dans le magasin, les mains dans le dos, un mini sourire de satisfaction aux lèvres, Romain pense qu'il s'agit de faux clients, lesquels sont venus vérifier comment la Fnac supportait *la grande panne* du Net. Peut-être aussi, sont-ils des partisans de la décroissance, cet autre sujet d'actualité dans la société…

Mais non, ne soyons pas défaitistes, tout n'est pas perdu, gardons quelques espoirs tout de même !

Jeudi, la lumière revient

Voilà cinq jours que la France connait bon nombre de problèmes compliqués avec le réseau EDV. Non pas qu'elle soit complètement privée d'électricité, mais les coupures sont nombreuses et intermittentes voire cycliques. Le fait qu'elles soient imprévisibles empêche les gens de prévoir certaines activités indispensables ou d'oser prendre des initiatives, avec le risque évident qu'une coupure survienne. Les informations données par Vinci sont minimales et font souffler le chaud et le froid. L'on s'étonne des difficultés de cette grande société internationale, pourtant très présente dans les médias, de communiquer sur cette panne d'ampleur jamais rencontrée depuis quarante ans. En réalité, dès les toutes premières coupures du dimanche soir, c'est la télégestion des moyens de production qui pose problème et même si la solution ou le remède ont été trouvés rapidement, il faut que tous les techniciens procèdent aux changements et aux modifications complexes des baies et des armoires de télécommande de toutes les centrales et des centres régionaux de répartition.

Alors et en attendant, depuis deux jours, la moitié du parc des centrales doit être en pilotage manuel pour tenir la fréquence nationale de cinquante hertz et cela provoque des ruptures de charge violentes qui déséquilibrent le réseau tout entier.

Dans une conférence de presse programmée en urgence à Matignon, il a été annoncé que la France doit retrouver toute son électricité et sur tout le territoire dès demain soir à vingt heures. Notez que c'est toujours à cette sacro-sainte heure du JT que l'on annonce depuis un demi-siècle, toutes les grandes bonnes ou tristes nouvelles de la société. En amont de cette conférence, pour redonner un peu le moral aux Français, le cabinet du Premier ministre a annoncé haut et fort, à quinze heures, que la super centrale EPR de Flamanville allait essayer prochainement de diverger… Alors que l'on désespérait depuis maintenant dix ans de ne pas savoir la terminer et la mettre en service.

Cependant, cette information ne pouvait pas faire oublier le triple délai de mise en œuvre et le coût final six fois plus cher que prévu initialement. Devant le prochain chargement en combustible tant attendu de ce monstre technologique, associé tout de même à un scandale économique, les syndicalistes pourtant peu nombreux d'EDV et de la société Nucléa (l'ancienne Aréva, elle aussi privatisée), demandent au gouvernement de trouver une date très prestigieuse pour glorifier cet événement national.

Il semble que l'on hésite entre le 1er avril ou le 14 juillet…

L'e-commerce et le géant Amazone…

Après des journées de grande panique dans les enseignes commerciales du e-commerce, dont les ventes se sont totalement effondrées, une annonce sensationnelle vient d'être publiée ce matin dans Libération. Elle nous informe que le mastodonte *Amazone* est sur le point de déposer le bilan et licencier… L'économie mondiale va-t-elle basculer ?

Déjà, les employés du grand entrepôt de Chalon-sur-Saône, qui couraient toute la journée en rollers dans les deux-cents allées d'étagères à huit étages, à la recherche du matériel à expédier, le tout dans un minimum de temps imparti par la direction, sont descendus de leurs engins à roulettes. Les salariés sont donc maintenant en chômage technique et toute la journée en assemblée du personnel. Pour occuper leur temps, entre les interventions des syndicalistes et les discours de la direction, le leader de la CGT propose, afin de rester en bonne forme physique, d'organiser une grande épreuve originale : *Les Jeux olympiques* d'*Amazone* seront les épreuves reines, le 100 mètres, le 3000 mètres et le saut en hauteur se feront évidemment en rollers. Pour une fois, tous les représentants du personnel sont d'accord et trouvent l'idée géniale. Ainsi, il ne faut pas désespérer, sur la capacité des syndicats à prendre des décisions utiles et humaines importantes à la fois, auxquelles tout le monde peut adhérer… Le délégué FO, ne voulant pas être qu'un suiveur, propose d'inviter à ces jeux le second entrepôt français.

La question se pose aussi pour les deux centres financiers belge et suisse, lesquels ont la mission délicate de facturer toutes les ventes en Europe, mais aussi de défiscaliser au mieux, la gentille multinationale. Le délégué des *Autonomes* (il y a toujours des indépendants irréductibles dans notre société) propose que les vainqueurs d'*Amazone* rencontrent dans une seconde étape les employés des autres grandes sociétés du e-commerce, les sociétés

PricesMinister, Ebays, LesRedoutes, CCdiscount, Promode-Vacances. Ces dernières locomotives du e-commerce, étant également au plus mal et en grandes difficultés commerciales et financières.

Bref, le e-commerce s'organise bien et les syndicats toujours très protecteurs de la santé morale et physique des adhérents veulent lutter contre l'amertume de leurs salariés. L'on sait tous aussi, que l'oisiveté des salariés puisse être génératrice de petits ou grands vices et de dépravations… Pendant ce temps-là, les grands patrons d'*Amazone* rencontrent les responsables des grandes enseignes nationales comme Carrefour, Auchan et Leclerc pour espérer ouvrir des stands de présentations de produits non concurrents, assurer la distribution de catalogues, les prises de commandes et pouvoir retirer les paquets. Par solidarité, des accords sont signés pour une année, le temps estimé de la réparation de *la grande panne* du Net. Reste qu'il faudrait, pour éviter une plus grande catastrophe économique, que le téléphone fixe soit à minima réparé au plus vite. Heureusement, France Télécom affirme que son réseau téléphonique fixe sera remis prochainement en service…

Et dans l'Europe ?

Depuis le milieu de la semaine et après les alertes en France sur le Net et sa téléphonie, toutes les ambassades européennes sont en recherche d'informations. Pour ce faire, l'on utilise le réseau filaire classique des ambassades et le réseau hyper protégé d'Interpol. Dans les pays déjà sinistrés, ce sont les réseaux radioamateurs, qui prennent le relai. Ces derniers, considérés comme très fiables et de plus généreux bénévoles, ont été réquisitionnés dans toute l'Europe. Il semble évident que c'est la France qui était initialement visée, ou le virus est apparu. Cependant, comme la propagation du phénomène n'a pas été immédiate, la contamination s'est diffusée à différentes vitesses suivant les logiciels d'exploitation, les utilisations et les régions. Les informations ont vite circulé d'un pays à l'autre à petite vitesse et suivant la qualité de la veille technologique de la nation. L'Allemagne, toujours sur le qui-vive, s'est rapidement débranchée du Net, l'Angleterre et les pays du nord entraient en alerte dans la journée du lundi, les pays du sud de l'Europe réputés laxistes ont émergé seulement le mercredi. Évidemment, dans toute la communauté les dégâts sont proportionnels à leur propre temps de réaction et aux mesures de protection prises. En milieu de semaine, la France a proposé qu'un conseil scientifique permanent se tienne à Paris et qu'au sein du parlement de Bruxelles une commission rassemble en temps réel toutes les informations au sujet de la pénurie du Net. Par ailleurs, n'ayant pas d'information sur une éventuelle contamination de la Russie, le président du Parlement européen vient de demander à son chef d'État Poutaine, d'être invité officiellement pour échanger sur *la grande panne*.

Notez que sa réponse est fermement négative et non argumentée. Alors, on s'interroge sur ce grand pays devenu capitaliste qui semble avoir tout oublié de son histoire communiste.

La seconde réunion de Leprôneur.

Ce matin, le sixième jour de *la grande panne du Net*, se tient une discrète réunion dans la salle Ampère de l'Ecole Centrale. C'est Jean Volta le Directeur, un ami de Jeanne qui a souhaité accueillir ce deuxième groupe qui s'est constitué en fin de matinée lundi matin. Le café-croissants est toujours le bienvenu, car même chez les scientifiques on est conscient des vertus de ce starter de réunions, qui rompt la glace entre tous les participants. D'ailleurs dans sa sphère privée, Jeanne prétend :

– Au départ, l'on perd une demi-heure, mais à l'extrémité on gagne deux heures, car le courant circule mieux !

Robert Leprôneur, chargé d'animer la réunion précise qu'il est inutile de faire un tour de table, tout le monde se connait parfaitement, chacun exerce les fonctions de directeur technique dans une grande école ou dans une société, ou d'attaché technique dans l'administration, un ministère ou une entreprise nationalisée. Robert fait aussi un résumé de tous les avis qu'il a reçus de toutes parts sur *la grande panne* et lance le débat sur la probabilité, au sixième jour, que cette catastrophe soit bien un virus d'une nature jamais rencontrée et très complexe. Puis, il donne la parole au docteur Seguin du CNRS, qui se fait l'interprète des avis du « sous-groupe virus » qu'il a dirigé ces trois derniers jours.

– Nous pensons que nous sommes en présence d'un virus filtrant très complexe, puisqu'il déroute tous les spécialistes. Dans tous les autres grands virus de ces trente dernières années, les *Mydom*, les *Jumper* et compagnie, le mode de détection pour les cerner consistaient à scruter toutes les mémoires vives et ensuite, tous les fichiers des répertoires et des sous-répertoires, qui sont souvent des centaines de milliers. Mais ici, dans la situation qui nous préoccupe, cela n'a rien de comparable, car de surcroît le big-virus semble se propager également comme un ver. Aujourd'hui, avec beaucoup de précautions, nous pensons que le

Big-virus n'est jamais tapi au même endroit et dans le même logiciel ou la même mémoire. Il se réveille d'une façon aléatoire et surtout il se camoufle, dès qu'il se sait observé et recherché. Avouons qu'il rend fous les techniciens les plus avertis ! S'ensuit un long débat sur les méthodes de détections virales et les conclusions optimistes de Delphe Daltho lesquelles ont pour effet de « regonfler » le moral des troupes…

Jeanne déclamera pour clore la réunion.

– Souvenez-vous, La France vous regarde !

Une famille d'enseignants

La famille Durand vit des journées compliquées avec *la grande panne*, c'est le moins que l'on puisse dire. Depuis dimanche, les trois adolescents sont d'une humeur exécrable. En dehors des devoirs scolaires, les parents les retrouvent inactifs sur les lits, désemparés d'être privés de leur environnement numérique. La petite dernière, Lisou, de six ans seulement, a curieusement adopté la même posture de tristesse que son frère et la grande sœur Juliette. Il est vrai qu'avec la tablette de sa maman, elle galopait prématurément sur le Net, avec une dextérité d'adulte exercé. Déjà en amont de *la grande panne*, la place exagérée prise par les matériels et applications multimédias posait des problèmes de communication insolubles au sein de la famille. Les jeunes évitaient les échanges et discussions scolaires avec les parents, pour retrouver au plus vite sur leurs Smartphones les copains, qu'ils venaient pourtant de quitter l'après-midi même dans leur collège et au lycée. Pour la télévision, chacun revendiquait sa propre série TV et toutes ces émissions définies comme idiotes par la mère, faisaient l'objet de tractations disputées et complexes. Au septième jour de *la grande panne*, la situation de bouderie dépressive et collective n'était plus tenable pour les parents, qui décidèrent d'une réunion générale avec prises de décisions négociées, puis acceptées par tous. Les voici :

– Les Smartphones et PC ne seront autorisés après le CES et le lycée qu'entre dix-sept et dix-neuf heures, sauf dérogation à des fins scolaires ou exceptionnelles.

– Le vendredi, toute la famille regardera ensemble les programmes de télévision de la semaine suivante et les choix sont faits collectivement.

– Compte tenu des notes passables en français des garçons, il est décidé de donner du temps à la lecture. L'idée retenue est d'aller ensemble à la médiathèque, tous les quinze jours.

– Enfin, pour sortir les jeunes de leur chambre et qu'ils s'oxygènent un peu l'esprit, une activité sportive pour tous sera obligatoire. Cette dernière devant être de préférence, un sport d'équipe pour tenter de 'décultiver' l'individualisme ambiant. Le tout sera écrit et affiché dans chaque chambre, par Serge le chef de famille, qui décide d'ajouter comme titre au document, la maxime suivante :

OUI, la vie sans Internet est possible ! »

Les trois adolescents s'insurgent contre l'affichage de cette phrase, ils la trouvent éminemment provocatrice. Chantal, la mère, dans toute sa sagesse partage l'avis des enfants, mais par solidarité conjugale, préfère garder le silence. Finalement, tout le monde signe bien la charte, persuadé qu'elle sera éphémère et volera en éclat dès que le Net sera rétabli !

Le commerce de proximité.

Depuis trois ans, que dans les bourgs et les villes, des rues entières voyaient baisser les rideaux métalliques des boutiques. Toutes les municipalités déployaient beaucoup d'énergie à persuader les derniers commerçants de ne pas céder à la panique généralisée du dépôt de bilan. Peut-être était-il temps de limiter le développement du e-commerce qui s'envolait dans des ventes astronomiques, tout en dévorant les commerces locaux, y compris les zones commerciales. Les petits commerçants devenus des grincheux commençaient sérieusement à se rapprocher des forces politiques d'extrême droite…

Voilà plus d'une semaine que le pays est plongé dans une nouvelle société sans le Net. Après la stupeur des adultes et les pleurs des adolescents, l'on commence à comprendre qu'il vaut mieux accepter la situation et trouver des astuces. En attendant de connaitre l'origine du ou des problèmes, puis d'en trouver les remèdes, il faut s'organiser en espérant une réparation possible et rapide. Cette *grande panne* du Net venant de faire disparaître le e-commerce, c'est presque une aubaine. Alors, le commerce de proximité retrouve ses clients d'antan, ouvre de nouvelles surfaces. Cependant, les surfaces de ventes de moyenne et grande importance souffrent, de ne plus être visibles sur le Net pour donner des envies et des idées d'achat aux clients potentiels. Il faut reconnaître que l'outil Internet était hier encore, un merveilleux outil de marketing et un faire venir dans les magasins ultra-performants.

Depuis quelques jours, le commerce s'adapte à la nouvelle société, il est même de retour sur une courbe ascendante de développement des ventes dans les commerces de proximité. L'état d'esprit des clients a changé, ceux-ci ne passent plus deux heures par jour sur leurs outils informatiques et numériques, ils retrouvent du temps et l'envie de faire du shopping, de voir et de toucher réellement les articles qu'ils convoitent. Curieusement aussi, les refus et les retours des matériels liés à la loi Scrivener ont diminué de quatre-vingts pour cent, car l'on n'achète plus un article à partir d'une vague photo, mais en le voyant, en le touchant et en emmenant de suite l'achat chez soi. Ne plus attendre la livraison, en profiter immédiatement est un nouveau plaisir !

Globalement, toutes les formes de commerce qui existaient avant l'ère d'Internet ont refait surface ; dans les bourgs et les villes, les rues commerçantes sont de nouveau très fréquentées et la population éprouve un grand plaisir à flâner devant les boutiques. Cependant, il s'est avéré nécessaire de bien règlementer le matin la circulation pour la réserver aux camionnettes de livraison des petites ou moyennes surfaces de commerces.

Dans les zones commerciales et les grandes surfaces, passé le traumatisme des cinq premiers jours de *la grande panne* qui devait assommer toutes les velléités d'achats, les clients retrouvent maintenant leur frénésie d'acheter. L'on ressent une volonté affichée et une ardeur de vaincre la crise et redresser la tête devant les pénibles avènements. D'autre part, cette nouvelle embellie du commerce de proximité fait exploser les embauches d'employés chargées de l'accueil et de gérer les embouteillages de clients dans les magasins. L'on note une embellie des ventes de jeux de société, de livres de bibliothèque, de journaux même si ces derniers sont amaigris.

Notons que les lecteurs sont en fortes demandes d'informations et de mieux comprendre le fonctionnement du numérique et le Net. Avant *la grande panne du net*, tout fonctionnait parfaitement silencieusement, et donc personne ne se posait de questions. Maintenant, cet outil indispensable pour tous et le jouet pour beaucoup d'autres est cassé…

Alors, les Français s'interrogent sur le pourquoi et le comment toute cette machinerie numérique à bien pu dérailler du jour au lendemain ?

Dans ces semaines pourtant ultras compliquées à vivre, on constate avec satisfaction que le commerce de proximité avec ses produits locaux se motive et prend sa revanche sur le e-commerce et les containers asiatiques !

L'industrie et le tertiaire

Dans l'industrie, le rappel des retraités a permis de remettre en service les moyens de production anciens et classiques peu informatisés. Ces équipements ont rapidement repris leur automatisation des années 2000 et continuent à fonctionner tant bien que mal en attendant des jours meilleurs. L'industrie récente et le tertiaire moderne ont totalement arrêté leur production, les employés de base ont été mis en chômage technique partiellement rémunéré avec des aides de l'État. Dans les bureaux d'études, techniciens et ingénieurs font preuve d'imagination. Ils étudient et font installer en parallèle sur les systèmes connectés à Internet, des commandes et pilotages manuels. Les solutions de repli en « normal-secours » de sécurité se multiplient. Un vaste réseau national de *dépannage et adaptation des PME* vient d'être créé et ses agences fleurissent sur tout le territoire. Ce réseau d'assistance est la première victoire du groupe de travail Leprôneur-Daltho, lequel a fait pression sur le gouvernement pour que les études de conversion soient à la charge de l'État et déductibles fiscalement, ainsi que les travaux qui s'ensuivent. Inutile de vous dire que Jeanne et Robert ont connu un vif succès, lorsque sur TF1, ils ont annoncé la nouvelle, même s'ils ont oublié évidemment de mentionner que le Président et le Premier ministre avaient été tout de même des facilitateurs.

Cependant, il faut retenir que dans toutes les entreprises de France, l'on souffre terriblement de l'absence du courrier électronique, du SMS et des transmissions Intranet entre sociétés. L'obligation du courrier papier complique la tâche de tous les services administratifs, commerciaux, comptables. Le téléphone filaire, n'ayant pas retrouvé toutes ses fonctions, est totalement encombré. Les Smartphones des collaborateurs et leurs multiples applications, le Net, intranet, le téléphone *ip*, les SMS, manquent terriblement. Une bonne nouvelle cependant, la lumière est totalement revenue, EDV est sortie de l'ornière depuis trois jours. La sacro-sainte fréquence de 50 hertz est de retour pile-poil !

Les ventes d'antidépresseurs et de Lexomil chutent, la France n'est plus en pole position européenne sur ces médicaments !

La cabine téléphonique

Samedi matin, le jour du grand marché d'Ambert. Jeannot, habite dans le village de la Bourlhonne de soixante-dix habitants, sur les hauteurs du Forez. Ce matin, à sept heures, notre homme est déjà en avance de près d'une heure sur ses corvées journalières. Depuis trois jours, l'impossibilité de téléphoner à sa Parisienne *de fifille,* le rend quelque peu grognon. Agacé par cette panne de téléphone, dont il ne comprend pas la raison ni le comment, il a décidé de s'arrêter aux trois cabines téléphoniques qui jalonnent sa route jusqu'au chef-lieu local. Parmi celles-ci, il espère en trouver une en fonctionnement pour appeler la capitale. Ensuite, après quelques achats de victuailles et de produits vétérinaires, il rejoindra vers onze heures ses copains du bar de la Mairie, qui est comme chacun le sait, curieusement toute ronde.

Depuis deux jours, une idée occupe son esprit, celle de retrouver dans son grenier la série de journaux *la Montagne* ayant six ou sept ans. À l'époque, il s'était passionné pour de longs articles, écrits comme un roman de société futuriste, avec une parution fractionnée et étalée sur trois semaines. Un vrai suspense… Le thème de l'histoire racontait comment une *grande panne* d'internet pourrait survenir et anéantir la société française, puis l'Europe et le monde entier. Certes, la partie technique l'avait largement dépassé, mesurant ainsi combien Internet, le numérique, le téléphone et tout ce *tralala urbain et ses citadins qu'* il aime railler les citadins, devenait démesurément indispensables aux gens de ville, alors que dans sa vie de montagnard, cela le concernait si peu. Et voilà qu'aujourd'hui, ici même, dans son Auvergne profonde, la réalité vient de rejoindre et même dépasser dans son ampleur la fiction d'hier, qu'il avait à l'époque trouvée complètement irréaliste et saugrenue.

Déjà, les deux journées passées sans la lumière bienveillante d'EDV ont compliqué son existence, l'écran noir de la TV a miné son moral et son téléphone toujours muet l'inquiète. Même si Jeannot a une grande capacité à relativiser et oublier les évènements désagréables, son découragement commence à poindre. La philosophie d'un rural n'est pas celle d'un urbain impatient qui veut tout et tout de suite. Le slogan préféré d'un montagnard lorsque les choses ne fonctionnent pas comme il voudrait est d'annoncer très sérieusement : « eh bien, si c'est comme ça, j'essayerai demain, car on a bien le temps ! »
Faisant ainsi de la procrastination sans le savoir, comme Monsieur Jourdain de la prose.

Un autre sujet chiffonne le paysan, c'est de ne pas comprendre grand-chose à toute cette technologie et au charabia technique rapporté dans le journal ces derniers jours. Il prend alors conscience que depuis la lecture du fameux roman futuriste, il n'a fait aucun progrès ni même aucun effort, pour se documenter ou s'inscrire au club informatique d'Ambert qui pourtant propose des formations aux villageois du canton, et ce, depuis dix ans. Alors, devant son refus à se remettre en question, la honte le gagne et lui démontre combien le fossé devient béant entre lui et la société numérique actuelle. Pourtant, il se souvient bien s'être juré au retour de son service militaire rempli de voyages et de découvertes de rester branché sur la société, même s'il devait continuer de vivre dans son village et sa ferme. Reste aussi, la réflexion lancinante et perturbante de son cousin aîné Pierrot, qui lui, a fait l'effort de s'informatiser et lui susurre régulièrement :

« Fait attention Jeannot : en technique, qui n'avance pas, recule un peu plus tous les jours !

Hier soir, de passage à la mairie, le maire en pleine discussion avec Marcel et Henri expliquait pourquoi le téléphone était en panne dans les maisons, mais peut-être pas dans les cabines rurales. Encore fallait-il en trouver une et non détruite par les jeunes, dans les nuits chaudes du samedi soir où parmi les milliers démontés par France Télécom. De l'exposé technique de l'édile, Jeannot a retenu sommairement que les lignes domestiques sont en ADSL donc connectables au Net, alors que les autres lignes sont encore avec des matériels anciens d'avant l'ère Internet. Alors, tout en écoutant ses amis et sans mot dire, il est rentré chez lui en décidant que demain matin, il s'arrêtera à toutes les cabines téléphoniques entre La Bourlhonne et Ambert. Espérant ainsi que l'une d'elles, lui permettra de contacter sa *fifille* Marie, installée comme il aime le préciser : « par erreur à Paris, et de surcroît dans son treizième étage d'une tour de la Défense ». Depuis six ans, Jeannot lui promet qu'il va bientôt venir lui rendre visite, tout en étant persuadé qu'il ne parviendra jamais à vaincre sa grande peur d'un périple si lointain…

Dans une librairie

Marcel vient de mettre sa voiture en stationnement devant la sous-préfecture. Quelle aubaine, cette place libre à deux pas de la librairie du *Bateau blanc* ! Mais au fait, se dit-il, pourquoi le patron et ami de cette boutique, a-t-il baptisé ainsi sa librairie ? Alors qu'il sait pertinemment que son rayon bateau ou voyages maritimes n'est pas particulièrement important dans son espace. Il faudra que je pose sérieusement la question à Gérard, se promet Marcel. Voilà de nombreux mois qu'il n'a pas fréquenté cette charmante librairie, puisque comme une majorité de lecteurs actuels, il a cédé aux sirènes d'*Amazone* et plus grave il dévore lui aussi des e-books.

C'est donc La Poste qui est devenue le méga-distributeur de la littérature en France et qui, en tandem avec le e-commerce, tue à petit feu continu les librairies de Navarre. Pourtant, il connait bien cette boutique gorgée de livres du sol au plafond, où l'on cherche son livre dans une botte de bouquins en tous genres. Ces librairies anciennes qui au fil des décennies ont vu les ouvrages se multiplier par dix puis par vingt, alors que leurs murs et leurs surfaces n'ont pas bougé. Il aimait bien aussi, entre deux clients pressés, échanger avec le libraire sur le dernier Modiano. La conversation se tenait derrière sa vieille caisse à tiroir sonore à l'encaissement ou encore sur le trottoir pour consommer son inguérissable besoin de clope. L'homme, dont par ailleurs il ne connaissait rien d'autre que son métier était toujours égal à lui-même, chemise ample et blanche comme l'écrivain Bernard-Henri, éternelle écharpe ouverte rouge au cou, le tempérament calme et pondéré, qualité obligatoire dans ce métier.

Mais Marcel outre son besoin régulier de respirer l'odeur particulière du papier des livres, de flâner en tournant des pages, de lire des quatrièmes de couverture, dans les allées du *Bateau Blanc* était aussi l'invité annuel de Gérard, l'espace d'une demi-journée. Ce jour-là est, généralement le jour du grand marché, c'était pour dédicacer modestement son dernier livre, puisqu'il avait osé se mettre à l'écriture ces six dernières années. Un peu comme un accident de vie ou à l'extrémité d'un parcours scientifique sérieux, il avait trouvé dans cet exercice de style comme une récréation, l'envie et le goût de raconter des histoires, comme une autobiographie, deux romans, une fiction, un essai de société qui avaient jusqu'à ce jour intéressé des petits éditeurs. Ses ouvrages figuraient donc sur l'étagère des « auteurs locaux » de cette librairie de sous-préfecture rurale de la Provence Verte. Alors que depuis des années les clients les plus fidèles désertaient la boutique, Gérard gémissait de plus en plus en menaçant de fermer son enseigne, mais *la grande panne* du Net lui ouvrait des horizons nouveaux.

Aujourd'hui, c'est une nouvelle donne, une nouvelle aventure qui anime la librairie, une révolution de la fréquentation qui laisse pantois le libraire. Certes, l'explication est simple, le e-commerce a disparu, les Français privés d'Internet et de leurs multimédias ont retrouvé du temps de loisirs et le goût de la lecture. Chaque jour les camions livrent des colis de livres, il y a quelques semaines ce n'était qu'une fois par semaine. Le libraire a été contraint d'embaucher en urgence deux vendeuses et il songe maintenant à acheter le magasin voisin pour agrandir sa librairie. Mais cette embellie littéraire qui engendre une euphorie commerciale et intellectuelle va-t-elle perdurer, lorsque le Net aura vaincu *la grande panne* et repris possession des esprits et du business de la société tout entière ?

Un bureau de poste

Ce matin, dans les bureaux vétustes de La Poste d'une petite sous-préfecture du Var, l'ambiance des années 2000 est de retour et les clients se pressent. Gaston, le chef du site est encore étonné d'avoir vu ce matin le camion postal déposer six grands sacs de courrier. La veille, c'était quatre sacs et l'avant-veille deux ; manifestement, en une semaine, c'est une inflation exponentielle de courrier. Pourtant, depuis cinq ans, la vie professionnelle du postier devenait de plus en plus calme et monotone. Après le tertiaire et l'industrie, le courrier électronique s'était imposé dans toutes les familles.

Chez les jeunes couples en particulier, le facteur et son image sociale disparaissaient du paysage journalier. Même si les pouvoirs publics et La Poste envisagent maintenant de nouveaux services de proximité, tout cela semble n'être que des promesses et laisse présager une évidente et prochaine privatisation du courrier. Avant *la grande panne,* les distributions de plis se terminaient en matinée, les départs en retraite des facteurs n'étaient pas comblés, leurs motorisations exténuées n'étaient plus remplacées, les clients aux guichets étaient moins revendicatifs. Bref, les postiers commençaient à faire de petites journées et couler des jours tranquilles.

Hier, Gaston était convié par la direction régionale, comme tous les petits chefs des départements, à réfléchir et trouver des solutions pour un sursaut professionnel. Évidemment, le leitmotiv était de faire plus et mieux avec le même personnel et avec les mêmes budgets. Mais aujourd'hui comment remédier à cette nouvelle donne, à ce courrier très volumineux qui réapparaît subitement, pour lequel on n'a plus le personnel, les outils, les voitures et peut-être un professionnalisme envolé ? Les retraités vont-ils là aussi revenir en force sur le terrain ?

Heureusement, pour La Poste, une partie des Français n'a pas repris le stylo ni les enveloppes et diffère leurs correspondances. L'on préfère temporiser et espérer que le Net soit prochainement de retour, mais à ce jour, il semble peu probable que l'on réussisse à réparer *la grande panne* dans les semaines qui viennent. Mais un autre sujet, beaucoup plus grave encore, perturbe depuis trois jours, notre Gaston. En effet, son cousin germain parisien, journaliste à Médiapart, vient de lui apprendre que la société UPS.fr a proposé dans le plus grand secret à l'État français de racheter tous les services de La Poste, avec effet rétroactif au premier janvier dernier. Le projet de ce transporteur international est simple et dense à la fois, il veut : rénover tous les locaux, adjoindre des services commerciaux et numériques de proximité, imposer l'obligation de faire figurer sur tous les plis les adresses électroniques des émetteurs et des destinataires. Ainsi, des e-mails proposeront aux gens de venir retirer leur courrier à l'agence locale UPS.fr. Probablement au passage, bon nombre de messages publicitaires seront glissés dans les courriels…

Pour le reste du courrier courant, une seule distribution hebdomadaire sera assurée, les urgences seront disponibles en agence. Évidemment, le nouveau propriétaire ne conservera qu'une faible partie du personnel !

Les jeunes sont en dépression…

Dans les familles l'on apprend à patienter, à retrouver l'envie de lire, de se risquer à l'écriture et au dessin. Les discussions et les échanges familiaux disparus avec le Net, sont de retour. Même si le sujet principal est l'absence d'Internet et surtout le manque de réseaux sociaux, il n'en demeure pas moins que la nouvelle communication intergénérations qui réapparaît dans les familles est bénéfique. Par contre, c'est bien chez les adolescents que la situation devient de plus en plus grave au fil des jours. Au début, les adolescents de douze à dix-huit ans ont pris la situation en gémissant, en haussant les épaules, persuadés que c'était une vilaine blague des adultes. Cette population est la plus touchée et blessée psychologiquement par les évènements à n'en pas douter.

Beaucoup d'entre eux s'en prennent ouvertement aux adultes, leur reprochant d'avoir inoculé volontairement le virus, pour qu'ils décrochent de leurs réseaux et jeux, dans l'espoir aussi de voir leurs enfants se consacrer davantage à leurs études et en oubliant de surfer. D'autres jeunes font encore plus compliqué, se prenant sans doute pour des lapins… Ils font l'analogie entre *la grande panne* et la curieuse et rocambolesque propagation de la myxomatose dès 1950. Vous savez, cette sombre histoire, qui traverse les générations et dont les jeunes n'ont entendu que vaguement parler. Bref, des histoires à dormir debout et des fantasmes circulent dans la population : tous affirment la volonté de certains de vouloir répandre le malheur ou punir la population.

L'effet le plus cruel ressenti par les ados est la disparition de tous leurs réseaux sociaux et de leurs jeux vidéo tonitruants et futuristes qu'ils partagent en ligne pendant des heures. Du jour au lendemain, ces jeunes, alors qu'ils émettaient trois-cents messages SMS par jour, d'abréviations et de photos, suivaient leurs séries sur *Netflix*, ne savent plus aujourd'hui comment échanger, occuper leur esprit, ou se fixer des rendez-vous.

Par ailleurs, les deux seules activités qui sont encore disponibles aux jeunes sur certains rares appareils sont : l'écoute de leurs musiques déjà enregistrées et surtout les *selfies.* Lesquels depuis l'apparition des *perches* devenues escamotables, ont un grand succès chez les adolescentes, qui se font entre copines des centaines de photos par jour. Au point que les psychologues s'interrogent sur de nombreux dérèglements possibles et développement exagéré du narcissisme.

Il est à noter que les filles sont beaucoup plus accrochées et dépendantes des applications multimédias du Net que leurs copains. En effet, peu d'adolescentes possèdent un sac à main ou autres sacoches, alors elles déambulent toute la journée avec leur Smartphone à la main. Toujours branchées, elles sont constamment en attente de recevoir ou émettre des images et messages. Psychologiquement, affirment les médecins, être en veille constante et dans une machinale manipulation de l'engin, crée une symbiose néfaste. À contrario, chez le garçon, l'appareil est généralement dans une poche et ne pas le voir ni le manier constamment fait quelque peu oublier le Smartphone et penser à toute autre chose.

Dans de nombreuses familles, la situation s'aggrave d'autant plus, que les enfants sont persuadés que leurs parents se réjouissent presque ouvertement de la situation. Il est vrai que depuis cinq ans les réseaux de jeunes, dits sociaux, sont vilipendés et baptisés par les adultes : les réseaux asociaux. L'an dernier, le ministre de la Santé a publié largement un rapport de la faculté de médecine de Paris qui concluait que « le Net s'incruste dans l'esprit des jeunes et agit comme une drogue qui diffuse le besoin de faire encore plus, ou alors c'est le manque de ne pas l'avoir sous la main » en ajoutant également que : « Les menaces de conflits entre les générations, les relations courantes parents-enfants et les fractures familiales sont grandes et évidentes. » Devant le Net disparu, ces adolescents perdus et en détresse extrême, tous les directeurs des collèges et lycées sont inquiets et dépassés. Le gouvernement demande aux professionnels de la santé, les psychologues, les pédopsychiatres, les médecins, les infirmières, d'ouvrir leur cabinet en soirées, de mettre en place des groupes de parole, de promouvoir l'analyse transactionnelle pour les jeunes. Il faut d'urgence, accroître la capacité d'accueil hospitalière pour éviter une grande catastrophe nationale.

Autres hypothèses de panne

Parmi tous les bruits, les avis et les commentaires qui circulent dans la population au sujet de *la grande panne*, il en est une encore plus grave que les autres. Celle d'une hypothétique défaillance des mémoires mortes (ROM) et/ou des mémoires vives (RAM), qui soulèvent une énorme inquiétude. Car sans même comprendre complètement le sujet dont on parle, cette panne est jugée non réparable et nécessiterait de changer toutes les mémoires des matériels numériques. Les délais de réparation pourraient alors atteindre vingt-quatre mois et engendreraient assurément un désastre économique et social. Les pouvoirs publics devraient alors, établir puis gérer les urgences et les priorités. Probablement, dans l'ordre suivant, la santé, les administrations, l'industrie, le tertiaire et enfin les applications domestiques. De faux ou vrais documents sur la hiérarchie des remises en marche ont même traversé le pays. Aussi, l'on imagine que les jeunes ont bien compris que leurs Smartphones devraient attendre des jours meilleurs et plus lointains. En trois jours, cette hypothèse un peu folle, donne des frissons à la population entière, engendre quelques suicides et de nombreux débuts de dépression qui remplissent les salles de consultations médicales. En pharmacie, les ventes d'antidépresseurs connaissent un pic de ventes étonnant ! Puis, d'autres probabilités de méchantes pannes ont été évoquées, comme un sombre virus islamiste identique à celui qui avait fait l'an dernier, disjoncter le réseau câblé du Texas. Vous voyez bien que les idées les plus folles circulent !

Une e-voiture au top niveau...

Jean est ingénieur commercial, sa vie professionnelle est très mouvementée. Toutes ses journées sont remplies de rendez-vous aux quatre coins de la capitale. Il passe donc de longues heures dans sa voiture. Pour se simplifier la vie, dans le dense trafic de la région parisienne, il s'est offert le dernier bijou de chez Renault, une e-voiture hyper connectée. Laquelle est en réalité la première voiture européenne intelligente. Outre son grand confort, mais pour seulement trois passagers, la partie arrière du véhicule est un petit VAN (mini bus), aménagé en bureau mobile miniature où trône un ordinateur prototype Apple, une imprimante, un scanner et divers autres matériels numériques du dernier cri. Les grandes communications nationales et internationales indispensables pour les activités de Jean, sont assurées par deux systèmes indépendants. Le premier s'utilise à vitesse réduite ou le plus souvent à l'arrêt, fait appel à un émetteur/récepteur satellite. Sur le toit du véhicule, un mini bras télescopique se déplie pour animer une curieuse antenne, qui suivant le relief et l'orientation de la route, recherche et s'oriente vers les orbites des satellites géostationnaires.

Le second système est évidemment une connexion sur Internet, avec le tout nouveau réseau expérimental 6G qui n'est présent que sur la capitale et la proche banlieue. Dans ses activités, Jean représente une société type startup spécialisée dans la robotique, dont le siège est aux USA. Pour chacun de ses clients, il doit être en mesure d'interroger en temps réel son bureau d'études, de la Silicon Valley. Lequel lance l'étude immédiatement l'adaptabilité et les modifications à apporter au robot de base déjà ultra performant, que les clients souhaitent.

Dans tous les cas, ces robots ont pour mission de remplacer l'homme et donc de faire fondre les effectifs des sociétés. Sa deuxième carte commerciale est la vente de *drones caméras,* pour soi-disant le tertiaire et les PME, mais qui sont en réalité loués ensuite discrètement, aux armées, aux services secrets, de bon nombre de pays… Son bureau mobile hyper sophistiqué lui assure de recevoir dans l'heure, les réponses américaines sur les deux produits robot/drones, lesquelles sont introduites de suite et automatiquement dans son dossier de proposition commerciale, qu'il remet dans l'heure à son client. L'astuce de toute cette puissante réactivité technique et commerciale permet à Jean de ne laisser aucune chance à la concurrence de présenter son offre aussi rapidement et discrètement que lui.

En effet, ses clients si particuliers sont des gens pressés, qui ne veulent pas attendre ni voir leurs dossiers transiter par le courrier, des secrétaires, des administratifs et des adjoints parfois indiscrets. Tous ces intermédiaires peuvent aussi fréquenter des espions, des services secrets ou la concurrence… Ainsi, sur des marchés urgents, sensibles politiquement et devant rester secrets, il gagnera presque chaque fois la guerre commerciale et l'affaire en question ! Pour les manœuvres de stationnement ou de conduite en ville, ou sur les parcours serrés des vieux quartiers de villes, Jean peut mettre la voiture en pilotage totalement automatique et lire son journal. Ce sont les caméras vidéo et l'ordinateur qui gèrent la conduite routière, les créneaux ou le stationnement dans les parkings toujours étroits. Adieux les peurs et les bouffées de chaleur de la conduite urbaine stressante !

Évidemment, sa voiture dans toutes les situations gère la sécurité, les croisements, la signalisation, et ainsi se conduit toute seule comme une grande, sur les routes. Toutefois, Jean admet qu'il reste tout de même quelque peu vigilant sur Paris intra-muros, car les *parigots* sont souvent un peu fous… En outre, l'ordinateur de bord est associé au nouveau système de circulation Coyoted, qui permet au pilote de passer en conduite optimisée en temps réel. L'ordinateur reçoit toutes les informations des centaines de véhicules dans le secteur, détermine et décide du parcours à effectuer. En contrepartie, puisque c'est une mise en commun des informations, il émet aussi à son tour vers le système, les problèmes et les images que le véhicule rencontre au fil de son trajet. La Voiture se dirige toute seule dans la circulation, l'on peut lire et relire ses dossiers ou tenir une vidéoconférence.

Il est démontré, par les revues spécialisées, que le système Coyoted améliore de quarante-cinq pour cent la fluidité de la circulation urbaine et périphérique. Évidemment, le moteur est électrique, mais la source est une pile à combustible à hydrogène, dont l'autonomie est de six-cents kilomètres. C'est une grande révolution technologique que l'on attendait avec impatience. Mais alors, pourquoi Jean avec tout cet équipement performant, son bureau high-tech, son business rémunérateur, est-il entré ce matin dans une agence de voyages pour s'évader de la France, pour une durée indéterminée ? La réponse est simple : depuis dix jours, *la grande panne* du Net a eu raison de ses activités, ses clients sont entrés dans le silence, il n'a que peu de nouvelles du bureau d'études et son PDG lui a conseillé de se changer les idées, d'autant que les concurrents sont dans la même situation. Mais jusqu'à quand ? À quoi bon déprimer à Paris, alors qu'il peut bronzer et faire des dix-huit trous en Californie.

Notons qu'une nouvelle version de cette e-voiture permet au chauffeur de rester chez lui, alors que sa voiture se déplace toute seule. Le véhicule est alors géré et pris en charge par un centre de pilotage centralisé, identique à ceux des drones qui maintenant sont nombreux dans nos cieux. L'avantage est évident, car lorsque monsieur est arrivé à son bureau, la voiture revient toute seule au domicile et devient disponible toute la journée pour madame. En fin de journée, la e-voiture retourne toute seule chercher le gentil mari. Ainsi, la seconde voiture familiale devient inutile, le parc de voitures en ville diminue, la pollution également !

Dans une papeterie

Samedi après-midi, il règne une grande effervescence dans les trois papeteries de la ville. Après huit jours de *grande panne,* c'est la course effrénée aux supports papier de bureau, de correspondance, de scolarité et de moyens d'écriture. En effet, les Français ont bien compris que faute de courrier électronique, ils ne pouvaient différer plus longtemps les échanges personnels, les courriers de documents administratifs et professionnels.

Il y a urgence à s'organiser dans les familles et dans les sociétés ! Devant l'enseigne *Le Papyrus*, les clients disciplinés font la queue. Très à propos, la vitrine a été refaite hier dans un esprit tout à fait d'actualité, en veillant cependant à ce qu'elle soit apaisante et non dramatique, malgré l'ambiance morose des citadins. Derrière les deux baies vitrées, la décoratrice avec beaucoup de goût a reconstitué, pour l'une un bureau et pour l'autre un décor scolaire. Posés au sol, ou suspendus, l'on y expose tous les besoins actuels en papeterie, feuilles de papier dans tous formats, des classeurs, des chemises, des enveloppes, mais également toute la panoplie des crayons et stylos, seuls la plume d'oie et son encrier manquent à l'appel. L'on remarque évidemment que discrètement tous les matériels informatiques high-tech qui généralement peuplaient ces deux vitrines ont disparu. Manifestement, tout ce décor rétro des années 80/90 surprend la jeunesse, mais il fait discrètement sourire les parents, qui eux, n'ont pas tout oublié de leurs culottes courtes. Il est vrai que depuis cinq ou six ans, le support papier n'est plus guère utilisé, même chez les notaires et dans la justice.

Il y a encore quelques jours, le tout numérique régnait en maitre dans toutes les couches de la société, du bambin déjà branché sur le Net, jusqu'au sénior laborieux qui patine dans la logique informatique. Les années de l'ordinateur puissant, ont fait place, depuis trois ans, aux outils tablette numérique et grands Smartphones multifonctions toujours connectés aux réseaux. Songez qu'à l'école primaire les livres et les cahiers disparaissent, madame fait ses courses avec sa tablette, monsieur lit la presse sur sa tablette, car les journaux papier n'existent plus, le papy fait ses mots croisés sur sa tablette.

Quant aux enfants, n'en parlons pas, ils ne connaissent guère le stylo ni le crayon, toutes leurs activités écrites se font avec le stylet numérique sur des écrans de toutes tailles, jusqu'aux téléviseurs qui font maintenant deux ou trois mètres de large. Les moins courageux et ils sont nombreux, n'écrivent plus du tout, ils dictent leurs textes, lesquels sont transcrits automatiquement en langage lisible ou imprimable. La recherche vocale des mots et des synonymes s'est imposée sur tous les logiciels et le nec plus ultra vient d'apparaître avec un plus chez Google, lequel propose la fonction traitement de texte avec des options : le français courant ou littéraire et la traduction en dix langues étrangères. Évidemment, l'orthographe n'est plus un grand souci. Les nuls font maintenant zéro faute !

Une lettre anonyme

Dans la même demi-heure d'un petit matin froid, deux lettres identiques et anonymes arrivent sur les bureaux des Montalgot et Leprôneur. Sous pli discret, elles sont distribuées par un porteur spécial qui force bruyamment la porte des deux secrétariats en s'écriant :

– Pour votre patron, c'est urgent !

Justement, les destinataires sont entre deux rendez-vous et donc disponibles. Ils découvrent éberlués, le texte suivant : « Vos soi-disant scientifiques renommés n'ont rien compris *la grande panne du Net*. Leur hypothèse d'un grand virus est idiote et d'ailleurs à ce jour, personne n'a encore trouvé de quelle nature il est et où il se cache. Non, vous faites tous fausse route ! Allez donc plutôt chercher du côté des mémoires vives et mortes que des chercheurs islamistes abrités par un grand pays étranger ont décidé de déprogrammer, pour vous nuire largement et pour longtemps… »

Devant cette révélation inattendue, Jeanne et Robert décident de garder le silence total. Mais est-ce une vérité ou un chantage de plus ? À cette heure, ils n'en savent rien, ils sont incapables de porter un jugement technique sur un sujet aussi pointu. Mais conscients du risque encouru, les deux amis décident de se retrouver, dans l'heure qui suit dans un discret restaurant. Trois éminents spécialistes jeunes retraités participent à cette réunion de crise. Rapidement, la décision est prise d'envoyer en mission en Asie, les trois présents ténors en informatique. Là-bas, ils prendront des conseils et avis pour valider qu'une réparation des ROM et RAM serait possible, si l'hypothèse de la lettre est confirmée. En cas d'échec de cette solution, peut-être devront-ils ensuite lancer en urgence une gigantesque fabrication de nouvelles mémoires universelles pour remplacer tout ou partie du parc numérique défaillant actuellement. Évidemment, Daltho et

Leprôneur sont conscients que cette seconde hypothèse serait une catastrophe totale pour le pays. Les délais de fabrication et le remplacement des matériels demanderont des mois.

De plus, la France entière ne trouvera jamais assez de dépanneurs et de bricoleurs pour vérifier et réparer les millions de systèmes informatiques défectueux. Quant aux Smartphones et autres petits matériels, on suppute déjà qu'ils ne sont pas techniquement et économiquement réparables, il faudra peut-être procéder au renouvellement total du parc, estimé aujourd'hui à soixante-dix-millions d'appareils.

Soit une belle embellie commerciale devant un tel nouveau marché et de quoi réjouir une nouvelle fois, les pays asiatiques…

La France s'organise

Pendant que les hommes politiques s'invectivent dans nos deux assemblées ; pendant que les commissions d'experts de Montalgot/Leprôneur réfléchissent ; pendant que les jeunes dépriment et deviennent tristes, une foule d'informations alarmantes sur la durée probable de *la grande panne* de l'ordre d'une année circulent dans le pays. On annonce aussi que la bourse plonge et que le commerce devenu atone remonte quand même légèrement la pente.

Pendant que les grands patrons pleurent sur leurs faibles intéressements aux résultats, une autre partie de la France décide elle d'accepter cette situation passagère, de prendre son mal en patience, ou de faire émerger de nouvelles solutions et des méthodes de remplacement en innovant collectivement. L'autre idée étant avant tout de chasser l'égoïsme du capitalisme ambiant et du chacun pour soi… Bref, de se mobiliser et surtout de relever la tête !

Voici un aperçu non exhaustif des solutions mises en œuvre pour régénérer les esprits, les méthodes et l'organisation du pays, en attendant le retour du Net.

— L'on ne regarde plus la TV et l'on gagne donc trois heures par jour, dont une de sommeil réparateur, ce qui améliore le moral et surtout l'humeur des Français…

— Sous l'égide de Montalgot/Daltho, les grandes écoles scientifiques françaises se regroupent dans un réseau participatif. Cessant d'être rivales, elles se mettent à phosphorer entre elles afin d'innover et d'inventer des solutions d'assistance et de remplacement.

— La journée de travail augmente d'une heure, ainsi la droite politique est satisfaite de retrouver ses quarante heures chéries.

— L'Allemagne, victime du même problème numérique, s'inquiète de voir la France s'organiser aussi bien et rapidement en réinstallant de vieux équipements soigneusement mis de côté. Les Allemands, eux, sont dépités de les avoir tous détruits, aussi jalousent-ils déjà, le prochain retour de l'économie française à l'équilibre.

— Les retraités sont rappelés d'urgence dans les sociétés. Les séniors de soixante-dix ans reviennent avec plaisir. Souvent prématurément appelés le quatrième âge, ils démontrent qu'ils sont encore bien vivants, encore utiles et pas tous à la charge de la collectivité.

— Les jeunes travailleurs sont heureux d'être épaulés par leurs anciens. Ils apprécient leur pédagogie du savoir-faire sans le numérique. Les braves méthodes de travail des années 80, ou l'OST (Organisation Scientifique du Travail) des Taylor et Fayol reviennent à la mode.

— Des petits génies de Papy bidouillent des équipements de télécommandes électroniques de puissance avec des thyristors et vieux transistors retrouvés dans des cartons au quatrième sous-sol.

— Les ingénieurs de toutes les grandes sociétés se concertent et s'entraident pour trouver des solutions techniques de réparation des systèmes défectueux.

— Les syndicats se donnent la main pour aider les Patrons. Dans les centrales syndicales, les adhésions pleuvent.

— La France syndiquée seulement à sept pour cent devient en trois mois le pays européen avec la plus forte représentation syndicale, proche de soixante pour cent.

— La cogestion Patron/personnel prend un essor remarquable. Les actionnaires s'en inquiètent…

— On consulte les constructeurs pour fabriquer d'urgence des mémoires nouvelles et universelles. L'idéal serait qu'elles soient programmables, pour s'adapter à tous les équipements.

— Devant leur dévouement et leur disponibilité, les artisans et petits dépanneurs sont mis à l'honneur par l'État. Beaucoup d'entre eux font des journées non-stop de quinze heures.

— Un réseau national de dépanneurs '*on vous dépanne vite !*' vient d'être créé par Leprôneur .

Enfin et socialement, le taux de femmes enceintes explose sur le territoire et les gynécologues sont débordés. Ce qui démontre bien que le Big-virus n'a pas totalement anéanti le moral, ni les capacités physiques des Français. Finalement la France s'active dans tous les sens et à tous les étages… on répare, on remplace, on innove, on achète, on vend. Reste aux partis politiques, de commencer à trouver enfin et entre eux, de nouveaux compromis sur les sujets importants et urgents.
Mais de quoi se plaint-on finalement ?

Le retour du téléphone fixe

Ce matin le cousin Jeannot Durand est maladroit, le pas hésitant, la tasse de café à la main, il trébuche une fois de plus et se prend les pieds dans le tapis du salon. Ce microséisme entraîne inévitablement la chute du combiné téléphonique inactif depuis quelque temps sur sa console. Mais cette fois-ci c'est synonyme de bonheur, car le café venait d'être bu. Oh miracle ! Tout en ramassant l'engin, il entend la tonalité France Télécom tant espérée. Voilà des semaines que les hommes de cette grande maison passent des journées et des nuits à réparer les centraux, les modifier et surtout remettre en service les anciennes armoires et baies des autocommutateurs. Il s'agit surtout de débrancher les systèmes ADSL de connexion sur Internet, en attendant que l'on trouve, le pourquoi de *la grande panne* et le comment la réparer.

Depuis deux semaines déjà, le réseau se rétablit avec des priorités sanitaires et administratives, puis urbaines et enfin rurales. La ruralité étant toujours considérée dans notre pays comme non importante et pouvant attendre, d'autant que cette population est patiente.

La journée va donc être belle, il aura *Fifille* ce soir et des nouvelles fraîches de ses rejetons qui lui raconteront des histoires curieuses de leurs amis p*arigots*, de chanteurs comme Mika ou Strom… qu'il ne connait pas, puisqu'il s'est débranché des variétés depuis Brassens et Brel. Mais qu'importe, une fois calé dans son fauteuil, un verre à la main, il posera le combiné sur la mini table, appuiera sur la touche rouge « haut-parleur », allongera ses jambes sur la grande table comme un paysan Américain du Far Ouest.

Enfin, pour atteindre le bonheur, Jeannot fermera ses yeux et écoutera alors sa descendance s'exprimer, raconter, s'exciter, se battre, le tout sans même vérifier que le Papy est toujours à l'écoute, là-bas perdu dans son Forez natal. Il goûtera alors intensément son plaisir en essayant de les imaginer vivants et suspendus dans leur treizième étage d'une tour, qui ne peut être à ses yeux qu'infernale ! Ces longues minutes à l'écoute de ses petits Parisiens seront sa récréation de sa journée.

L'opération minitels…

Gilbert, au volant d'un énorme camion, fait son entrée dans le plus grand stockage de surplus France Télécom de la région parisienne. Son ordre de mission, signé par le chef de cabinet de Montalgot est d'hier. Le document lui a été remis en main propre par son patron, qui depuis une semaine se désespérait de la baisse importante des activités de sa société *fret-services*.
Les gigantesques bâtiments desquels il s'approche sont juxtaposés les uns à côté des autres, sur deux hectares. Des pancartes informent les visiteurs qu'ils abritent de vieux matériels électroniques, PC, imprimantes, radios, baies, amplis et divers… En somme, c'est un cimetière clos où reposent en paix, les matériels des différentes grandes révolutions électroniques et de communications de ces vingt dernières années. Tous ces appareils numériques sont certes âgés, mais pas usés, puisqu'en moyenne l'homme les met au rebut après seulement deux ou trois années d'utilisation. Cette courte durée de vie très appréciée par les constructeurs leur assure un business de renouvellement des ventes florissant. Tout ceci explique que la société fabrique des montagnes de carcasses métalliques ou en plastique, remplies de composants électroniques, dont on ne sait plus très bien quoi faire. Pourtant, l'Afrique et Madagascar avec leurs bidouilleurs de génie, déjà capable de faire rouler des vieilles 4L Renault avec des pièces Citroën et de BMW, pourraient en faire leur bonheur. Mais voilà, le coût du transport des marchandises pour l'aide humanitaire est trop élevé, alors qu'il est acceptable pour la vente des armes… Gilbert, ne sachant pas très bien à qui s'adresser, décide de stationner son camion devant l'entrepôt affichant le mot : « minitel », conformément à son ordre de mission. Dès son entrée dans l'immense bâtiment, Gilbert est surpris de l'ordre et du rangement qui règne dans cet immense entrepôt. La vue de centaines d'étagères, sur lesquelles reposent des milliers de

minitels de trois générations, lui donne des frissons. Au fond, dans l'angle droit du bâtiment et à la sortie de l'allée surgit un mini transpalette sur lequel est juché un homme en blouse blanche. Apercevant l'intrus, l'engin semble changer de braquet et foncer vers Gilbert qui préfère s'écarter tel un torero. L'homme saute, met un pied à terre, le salut et déclare :

– Ah, vous êtes envoyé par France Télécom ? Je vous attendais !

– Oui, je suis en mission pour charger des minitels.

– Ok, j'avais compris, votre matériel est là, à votre gauche, il faut embarquer les treize mètres cubes que vous voyez !

Gilbert dans un large sourire satisfait :

– Chic, je crois bien que nous allons retrouver nos chers minitels roses…

Perplexe et réfléchissant, le gérant :

– Ah oui, super, j'avais oublié ces bons moments érotiques ! Ce sont les minitels des années 90, qui eux ne sont jamais tombés en panne ! dit-il en souriant.

La France relève la tête.

La France en panne d'Internet et de son numérique décimés courbe l'échine, mais ne rompt pas devant tous les dysfonctionnements qui sont apparus plus nombreux chaque jour. Cependant, depuis une semaine la situation technique s'est stabilisée, de nombreux équipements numériques ont été mis en veille et surtout déconnectés du Net. La propagation du virus s'est donc arrêtée et toute la société est maintenant dans l'attente de nouvelles de l'état de santé du virus, du retour du réseau et de son du téléphone. On ressent très bien que le monde scientifique entier est en auscultation, en détection, en recherche, tout en essayant des solutions et remèdes. L'on discute et échange fermement sur les méthodes, sur les probabilités de découvrir puis

d'éradiquer le virus, si toutefois cette hypothèse virus filtrant est bien validée ?
Charly Hebdo, *Le Canard Enchainé* et les humoristes de la presse affichent sur les murs et dans les journaux « Wanted Big-virus for 100000 €uros ! » Heureusement, il reste encore de l'humour dans notre pays !

Des initiatives sont prises dans de grands ateliers informatiques, des astuces sont osées pour remettre en service des équipements sous réserve de les isoler du Net. Les techniciens des médias, TV, radio, téléphone filaire ont réussi à remettre en service les vieux systèmes et l'on estime que trente pour cent des activités communications d'avant les élections ont repris du service.

Une formidable émulation technique s'est répandue dans le pays, comme une cause nationale, laquelle contrairement aux années précédentes, n'a pas l'allure de compétition ni de business mercantile. Les chercheurs et ingénieurs ne sont plus en compétition, mais dans une démarche participative et d'échange, qui détonne quand même dans notre société (même sans le Net) encore capitaliste.

Cependant, il est concevable de penser que l'équipe ou l'homme ou la femme qui trouvera l'origine de la panne, puis le remède contre ce vilain virus, déjà nommé par tous le Big-virus du siècle, deviendra un héros national et pourra prétendre au Panthéon et laisser son nom à de nombreux collèges. Pour le moment, c'est le tandem politique formé de Jeanne et Delphe qui est au zénith : songez que chaque soir au JT de la radio BMF, elles font un point presse très écouté. Cela ressemble à un feuilleton bien monté où les craintes et les espoirs font bon ménage. Ce dimanche soir, on pressent que le Président ou le Premier ministre vont prochainement essayer de reprendre la main politique, car le parti des Républicains commence à se déchaîner sur l'incapacité des socialistes à capturer puis éradiquer le Big-virus !

Drame familial chez les Durand.

Aujourd'hui la journée de Serge a été compliquée. Professeur de philosophie au lycée d'Ambert, il était depuis ce matin en journée pédagogique. Il rentre à la maison, non pas fatigué, mais persuadé qu'il a perdu sa journée à écouter des intervenants distiller aux professeurs des conseils évidents et déjà entendus, sur la conduite à tenir avec la jeunesse très affectée, par l'absence du Net et de leurs réseaux sociaux. Pressé de se changer les idées et de retrouver sa tribu pour laquelle il se fait du souci sur le même sujet, il a inventé un prétexte futile pour éviter le soi-disant « verre de l'amitié » clôturant la séance. À son arrivée, il est étonné de trouver la maison curieusement vide, même Tomy, le chien, ne se précipite pas pour lui faire la fête comme d'habitude. Bien au contraire, à la vue de son maitre, il s'éloigne en jappant fort et s'immobilise devant la chambre de Juliette en émettant un long cri d'une tristesse infinie, lequel fait pressentir un accident à Serge. À cet instant précis, un doute traverse son esprit. N'avait-il pas promis de rentrer vers dix-sept heures pour aider sa fille aînée sur une dissertation urgente et compliquée ?

Une angoisse énorme lui tombe sur les épaules, lorsque sur la table de la cuisine il aperçoit une bouteille de Coca vide, une feuille blanche et le stylo rose très particulier de sa grande fille. Les jambes flageolantes il vole vers la table, pris de tremblements, il parcourt à travers ses larmes les trois lignes suivantes : « Chers parents, frères et Lisou, ma vie est impossible sans mon Facebook. Mes pages personnelles et celles de mes amies me manquent de trop, Internet est ma raison de vivre. Alors, ne m'en veuillez pas trop de préférer disparaître. Je vous aime tous et excusez-moi ! » Le message n'est pas signé, mais en bas à gauche, deux taches de sang sont visibles.

Serge comprend alors le drame qui se joue dans sa maison, il se précipite vers la chambre de Juliette, sa porte est fermée de l'intérieur, il la défonce avec ses épaules de rugbyman en criant : « Non, non, ma chérie reste dans la vie ! » Elle est là ; disloquée comme un pantin sur son lit, inconsciente, les yeux révulsés, les jambes pendantes dans le vide, la tête sur l'oreiller, le bras droit écarté du corps, le bras gauche dans le vide et son poignet qui saigne. Déjà, à la verticale de la veine entaillée, des gouttes de sang sur le sol forment une petite mare. Sur le lit, l'ordinateur portable est encore sous tension, le Smartphone joue encore un enregistrement de son dernier concert de sa musique pop préférée. Serge dans sa douleur, comprend l'extrême urgence de la situation ; il extrait de sa poche son mouchoir en tissu et entreprend de faire un garrot, redresse le corps sur le lit, tapote les joues de sa fille, dégrafe le haut de son corsage et libère le cou, l'embrasse désespérément en la suppliant de rester en vie. Puis, se reprenant et retrouvant un peu de lucidité, il compose le 15, mais aussi téléphone à son beau-frère qui est médecin en ville et tente sans succès d'avoir son épouse en cours de gymnastique à cette heure.

Après cinq minutes, des sirènes retentissent, puis elles se rapprochent, des cavalcades dans le couloir, les blouses blanches poussent la porte ; l'oncle médecin écarte les sauveteurs, fait une piqûre et plante une aiguille pour la perfusion, son stéthoscope parcourt la poitrine, et laisse apparaître un rictus de soulagement proche d'un mini sourire semble lui échapper, ce qui rassure un peu tous les présents. Juliette est installée sur un brancard, son œil gauche s'entrouvre légèrement, puis se referme, c'est encore un espoir de plus, l'ambulance fonce vers l'hôpital à tombeau ouvert, brûle les feux rouges, la barrière de l'hôpital se soulève, d'autres blouses blanches l'attendent.

À la maison, Serge vacille et s'écroule, son frère rouvre sa trousse médicale pour lui piquer au plus vite la fesse gauche. Aussitôt, comme un miracle l'homme semble retrouver la vue, la respiration, son pouls s'éloigne de la tempête. Pour l'adolescente, c'est le service des urgences, les soins, la cure de sommeil, le psychiatre du service, les visites minimales interdites, le repos

imposé, l'entrée en analyse avec une psychologue. Dans la seconde semaine de convalescence, les copains et copines se précipitent chez elle, pour l'embrasser, lui raconter leurs petites histoires, lui affirmer que le Net va revenir dans quelques jours et qu'ils auront plein de choses et d'évènements à raconter sur leurs pages Facebook.
Alors, Juliette trouve que la vie est belle !

Gloire au Smartphone…

Ce petit appareil qui fait tout, de l'utile à l'inutile, a pris une place considérable dans la vie de chacun. Il passe cent fois dans une journée, de la main à la poche, de l'oreille gauche surchauffée à l'oreille droite tiède, du sac à main au cabas, de la moto à la voiture, de la salle à manger au bureau, de la cuisine au salon, de l'atelier à la salle de réunion, de la robe au pantalon. Il termine ensuite sa journée sur son chargeur secteur de la table de chevet, ou en « mode avion » il peut enfin se reposer, quoi que… il puisse aussi être chargé de réveiller à l'aube son accro de propriétaire.

Cette petite merveille technologique devient au fil des années très personnalisée avec des écrans dépliables et avec des fonctions et applications nouvelles, la forme et le design changent. Il est dangereux aussi de l'égarer, car il renferme dans sa mémoire des surfs et des emails parfois inavouables, des évènements importants parfois et plus graves encore, avec des secrets d'alcôves, jusqu'aux vies doubles ou triples de certains.

À son sujet, une histoire toute gentille circule en France qui démontre bien l'extrême importance de l'appareil. Il s'agit d'un jeune homme, bien sous tous rapports et beau comme une star, invité à un repas de grand mariage. S'étant attardé dans une communication téléphonique, il arrive précipitamment, son Smartphone à la main, avec quelques minutes de retard à la table des mariés où les conversations sont bien entamées.

Alors, apercevant sa probable place vacante entre deux belles dames, il s'en approche. Quelque peu penaud de son retard, il fait un salut de la tête à tous en marmonnant des excuses vaseuses. Puis avant de s'asseoir, le bras tendu avec son téléphone à la main, hésitant entre la gauche et la droite de l'assiette, il s'autorise à demander à ses charmantes voisines :

– Au fait, s'il vous plait mesdames, le Smartphone à table, il met à gauche ou à droite de l'assiette ?

Son amie la mariée, lui répond :

– Aujourd'hui et pour moi, Romain, c'est dans ta poche !

Un peu de poésie quand même…

Mais alors pourquoi cet engouement pour la téléphonie dans notre société ? Très simple mon cher Watson. Il faut alors songer à l'effort et l'énergie que nous devions déployer au vingtième siècle, lequel n'est pas si loin derrière nous, pour envoyer une lettre d'amour à notre dulcinée de l'époque…

Dans l'ordre, après moult recherches, il fallait choisir un beau papier lettre coloré pâle et tendre, rédiger dans une belle écriture stylée un texte bien calibré, l'aérer et faire une bonne mise en page, choisir des mots qui chantent, un zeste de prose et quelques vers qui serviront de fond musical, développer ses idées et les hiérarchiser si possible, écrire trois ou quatre beaux mots rares qui feront ouvrir le Larousse et nous avantagerons au point de passer pour un érudit. Ne pas en mettre cependant sur dix pages, afin de ne pas lasser la Dame, puis terminer la missive par une énigme ou encore une question qui obligera la lectrice à répondre ou réagir. Dans la formule finale de la lettre, il peut être astucieux suivant l'état avancé de la présente relation, de déclarer ou de confirmer son état amoureux empressé ou encore pouvant être patient. En post-scriptum, le rédacteur 'amoureux chaud' peut aussi prendre le risque d'ajouter, suivant sa virilité, qu'il se meurt d'envie de la 'culbuter', ou plus élégamment de lui donner du plaisir. Là, la suggestion devient forte et prend une connotation érotique, qui normalement donne des frissons à la Belle et lui fait fermer les yeux trois secondes, les rouvrir pour relire ce dernier PS, afin de vérifier qu'elle n'a pas rêvé !

Mais, la démarche n'est pas pour autant terminée, il faut ensuite trouver une enveloppe ayant du caractère et de l'originalité. Ne pas oublier d'être raffiné jusqu'au bout avec un timbre de collection ou encore humoristique du genre "Toi et moi…" qui à la réception fera sourire et l'obligera à se poser la question : « Mais qui peut bien m'envoyer ce pli si élégant et avenant ? » Enfin, l'adresse devra avoir une police de caractères bien formés et amples. Évitez donc, toute fantaisie qui pourrait faire douter un facteur fatigué en fin de tournée, et commettre l'erreur de glisser cette lettre dans n'importe quelle boite aux lettres et non, dans celle de ladite dulcinée.

Après ces lignes conformes au siècle passé, on comprend pourquoi le téléphone présente bien des avantages aux yeux de ceux qui n'ont plus envie d'écrire. Outre qu'il évite toutes les démarches énumérées ci-dessus, il peut permettre aussi de masquer une mauvaise orthographe, le peu de richesse de vocabulaire, de voir sa lettre dont le dernier paragraphe ne serait pas assez tendre, d'être jetée à la corbeille. De devoir se rendre à La Poste, là où le stationnement de sa voiture est impossible, et obligerait de faire à pied, pas moins de cinq-cents mètres, à des gens qui ne savent plus marcher…

Alors, laissons donc là toute cette procédure d'écriture fastidieuse aux intellectuels, aux littéraires, aux vrais amoureux… et vive le Smartphone au repos dans la poche arrière du pantalon, toujours en veille sur la 5G et avec lequel on peut rédiger un message, avec un seul pouce très acrobate d'une habile main. Le tout en travaillant, en mangeant, en conduisant sa voiture, dans le train, à cheval ou encore plus charmant, à pied en visitant le Louvre et en s'imaginant que sa fiancée ressemble un peu à la

Joconde. Seulement voilà, ces Smartphones, ils sont quand même à la merci d'un Big-virus qui les rendrait inopérants !

La révolution du SMS.

La seconde révolution du Smartphone est d'avoir inventé la transmission d'idées par le vecteur SMS, qui en anglais dans le texte veut dire un *Short Message Service.* Ici, il ne faut pas traduire systématiquement que l'émetteur de ce message, soit un écrivain à court d'idées, ou en manque d'imagination, quoique… Non, le *Short* veut dire que l'on écrit un minimum de mots ou lettres pour indiquer parfois une grande idée. Alors, l'on écrit en phonétique et avec des savantes abréviations.

Attention, il est indispensable que les adultes soient formés (ou déformés…) par les adolescents. C'est essentiel, car ces expressions anglophones sont évidemment absentes du dictionnaire, différentes et incompréhensibles d'une génération à l'autre. Ce qui offre l'énorme avantage, de rendre les textes des adolescents indéchiffrables aux gentils parents. L'astuce générationnelle est imparable, mais attention les services secrets savent probablement déchiffrer tout cela.

Pour exemple, voici l'histoire d'une récente conversation SMS entre une certaine Colette et sa petite fille Margot. La gentille Mamie, lui envoie un message humoristique pour jouer un peu… La fillette lui répond dans la même seconde avec trois seules lettres : MDR. À la lecture, Colette comprend que Margot l'envoie balader… Alors, très surprise et perplexe, elle s'interroge sur la signification du MDR, n'est-ce pas le mot de Cambronne dans le langage des ados ? Alors pour se rassurer, dans un autre SMS, elle demande à Margot, ce qu'elle doit comprendre avec cette abréviation de trois lettres. En deux secondes, la réponse de Margot lui parvient : MDR = mort de rire !

Ouf, Colette, pas très fière d'elle, mais soulagée et réconfortée, clôt la conversation en lui envoyant des bisous…

Un internaute dépité

Bruno Becq, est un Geek lambda comme il en existe des millions dans le pays, ses activités professionnelles terminées, il aime rentrer chez lui avec un projet de recherche sur le Net. Ce soir, pour un besoin anodin, il lui faut traverser son bureau pour se rendre dans une autre pièce de la maison. Au passage, l'homme reluque et salue son ordinateur neuf dont il est fier, tout en se félicitant d'avoir accepté finalement que *la grande panne du Net* anéantisse sa machine. Dans les deux premières semaines de la catastrophe, quand il passait à proximité de son *Apple*, comme aimanté par la pomme gravée sur le couvercle, il lui était impossible de résister à l'envie d'appuyer machinalement sur le bouton ON, espérant sans doute que le miracle de la réparation spontanée se soit produit la nuit précédente. Au retour, passant de nouveau devant ledit ordinateur, qu'il trouve si triste et esseulé, il se félicite une seconde fois de ne plus s'en approcher.

En réalité, ces deux situations n'ont pas du tout éloigné son envie de surfer, mais bien au contraire cela le renvoie aux mois précédant *la grande panne*, où le simple passage ou regard vers son *Mac* provoquait un stimulus de ses neurones et déclenchait une folle détermination de rejoindre au plus vite sa machine. Il se souvient qu'il devenait comme aimanté ou plus grave encore, comme un drogué en manque de doses fréquentes. Souvent heureux, mais parfois penaud aussi de ne pas savoir résister, il s'installait dans son environnement informatique qui le plaquait sur sa chaise et l'emprisonnait des heures et des heures, à n'en plus finir. La seconde étape était d'expliquer à son épouse qu'il devait faire, à des fins conjugales et dans les plus brefs délais, une rapide recherche urgente sur Internet. Cela ne devait prendre que peu de temps et il promettait de revenir assez vite s'occuper des devoirs des enfants. S'engageant même à ranger la cuisine après le repas familial. Quel gentil mari, il se proposait d'être ! Non, non, il ne s'agissait pas d'une fuite, mais d'une nécessité de s'absenter pour quelques minutes, pour trouver la réponse à une question toute bête qui le taraudait depuis le matin. Évidemment, son argumentaire ne convainquait pas du tout son épouse, laquelle savait pertinemment que son homme disposait d'un Smartphone de course... et d'un accès total au Net depuis son bureau du dix-septième étage de la tour EDV à la Défense...

7 - Geek : Passionné d'informatique, grand joueur passionné par tout ce qui touche à Internet.

Les déviations du réseau Internet.

Pour les internautes les plus branchés, l'emprise du Net sur leur personne est totale. Derrière leurs machines, qui deviennent de plus en plus miniatures, jusqu'à la toute nouvelle montre connectée (e-watch), ils peuvent tout faire et même gérer totalement leur vie. D'autant que par hasard, s'ils oublient certaines applications, le Net se rappellera à leur bon souvenir en leur faisant chaque jour des propositions nouvelles. Souvent même, elles s'implanteront délibérément toutes seules dans l'appareil. Au fil des années, l'administration leur a proposé de ne plus se déplacer et de s'autogérer sur les divers sites de l'État. Encore un petit effort, ainsi l'on pourra fermer les mairies, les sous-préfectures et prochainement tous les services administratifs. Les fonctionnaires iront à la pêche ou probablement, grossir les douze pour cent de chômeurs, qui devront être à leur tour indemnisés par l'État. Ces nombreux nouveaux chômeurs deviendront malheureusement des gens oisifs, en perte de repères, dépressifs, qui finiront peut-être dans le vice (l'alcool, les jeux) ou sur Internet douze heures par jour. Pour d'autres, ce sera l'entrée dans la délinquance et parfois plus encore. Le courrier électronique et les SMS à outrance ont totalement modifié les relations humaines et professionnelles. Il est devenu inutile de perdre du temps à se rencontrer physiquement pour discuter, débattre et échanger sur des sujets professionnels. Pour les relations amicales, depuis déjà deux ou trois ans, la visio-téléphonie s'est généralisée, l'on aperçoit son correspondant en live comme disent les Anglais.

Dans le monde du travail, cet outil de communication est redoutable, car votre patron peut jouer au big-brother et savoir si vous êtes réellement à la tâche ou dans le décor d'un pub… Mais plus grave encore, en matière de perte de temps, c'est que dans votre centaine de courriels quotidiens, seuls dix présentent de l'intérêt. Tous les autres sont des *spams* (anglophone) ou pourriels (en français), lesquels sont inintéressants et promotionnels. Outre qu'ils sont encombrants informatiquement, ils peuvent aussi transporter de la pollution plus ou moins grave pour votre machine. Notez, que la subtilité de la langue française est grande, d'avoir choisi le mot « pourriel » pour un message considéré comme néfaste et donc de qualité probablement « pourrie »... Bravo donc à l'Académie française.

Dans ces différents pourriels se cachent beaucoup de messages publicitaires, qui sont d'ailleurs ciblés précisément pour une personne, de votre sexe, de votre âge, de vos goûts partageant de vos loisirs, de vos besoins et de vos recherches. En effet, le Net a depuis longtemps déjà, déposé sur votre disque dur des logiciels espions qui savent tout de vous, peut-être même plus que votre épouse… qui elle ne vérifie (pas toujours) les sites que vous fréquentez ou sur lesquels vous fantasmez !

Le retraité recevra des messages sur des voyages, des conseils de santé, des assurances et mutuelles, ses vices et ses jeux, et même des propositions sinistres sur sa fin de vie et son projet d'inhumation. Sans oublier, le bon nombre d'escrocs essayant de lui subtiliser son numéro de carte bleue ou lui demandant un virement en Euros, pour un type soi-disant en grande difficulté en Afrique avec une jambe cassée… Les jeunes, déjà branchés au maximum avec les réseaux, recevront des pourriels ciblés sur des sites de rencontres, de concours, de gains d'argent, de nouveaux Smartphones, pour des drogues, pour la musique, etc., sans oublier le porno, bien installé sur le Net, visitable de cinq à quatre-vingt-dix-neuf ans, avec ou sans carte de crédit. Puisque le Net est un espace de liberté totale ou presque et que tout le monde peut s'y installer, pour passer des messages et répandre toutes sortes d'idées les plus folles, les schizophrènes y sont très présents et débordent d'imagination sordide.

D'ailleurs, Twitter, les blogs et les forums ne sont-ils pas leurs fréquentes cours de récréation ? Entre autres, l'endoctrinement militaire et religieux y tient une place importante et menaçante. Le recrutement pour les réseaux guerriers et les multiples fous de Dieu sont nombreux. Comme il semble y avoir plusieurs dieux qui se partagent l'humanité et la Terre, tous leurs apôtres ou prédicateurs sont présents. Le commerce des armes, les solutions pour les fabriquer et les manipuler sont expliqués très pédagogiquement. Les sites de recherche d'âmes sœurs ou isolées, d'érotisme, d'homosexualité et bien sûr pornographiques cohabitent aimablement les uns à côté des autres. Pour se faire exclure du Net, il faut vraiment atteindre les sommets de l'horreur et menacer la société tout entière. Comme les procédures administratives et judiciaires sont complexes et surtout lentes, beaucoup de dégâts sont commis, avant que le fou en question soit débranché de la toile. De plus, même en ayant expulsé de la Toile le site du voyou, le problème ne sera d'ailleurs pas résolu, puisque celui-ci resurgira dans l'heure suivante sur un autre site. Si l'énergumène est alors « mis sous les verrous », c'est un de ses acolytes qui se chargera de la basse besogne.

Dans cette jungle numérique, l'administration n'a aucune chance de mettre de l'ordre. Autres parasites du Net, les voleurs en tous genres, de ventes et d'achats de matériels, les escrocs à la carte bleue et les e-mails commerciaux vous disant : « vous avez commandé un…, voici la facture », ou « le colis N° vous attend chez Intel… merci de votre commande », ou encore « vous avez trop payé le fisc, pour vous rembourser, donnez-nous donc vos identifiants et surtout votre mot de passe… ».

Dans tous les cas, les escrocs ajoutent : « nous ferons tout le nécessaire !» Tous ces exemples ne sont que des aperçus, il en existe bien d'autres nouveaux qui fleurissent chaque jour. Les victimes sont généralement des personnes âgées ou des internautes débutants, un peu tendres pour les requins du Net ! Reste quand même et ne jetons pas « toute l'eau du bain et le Net avec », car Internet est par ailleurs un merveilleux vecteur de communication, un outil commercial de ventes et technique, une remarquable mine d'informations, une vitrine pour les arts et la culture, etc. Son autre vertu est sa gratuité, au mini ticket d'entrée du fournisseur d'accès internet près, ce qui le rend accessible à toutes les couches de la population.

En ce sens, c'est une originalité unique dans notre société capitaliste, qui généralement facture tout...

Au dixième jour, le bilan de la commission Leprôneur

La cote politique du duo Jeanne et Delphe monte dans les sondages et c'est l'étonnement général dans le monde politique ce qui évidemment exacerbe copieusement les rivaux. Dans les instituts de sondages, l'on n'a jamais vu un tel engouement pour deux femmes entrées en politique et non parrainées par un grand leader ou mouvement politique.

Les conclusions du groupe d'experts et des différentes commissions toutes pilotées par Leprôneur proposent des remèdes et des solutions de réparation ainsi que des axes de recherches que voici :

– Le Big-virus est bien le mal qui frappe le monde numérique et provoque *la grande panne*.

– La maladie génétique des mémoires ROM n'est pas validée pour les experts français, même si des chercheurs européens maintiennent le contraire.

– L'étude d'un nouveau logiciel dit « libre » d'exploitation spécifiquement français est lancée, il portera le nom de Fsys (french-système). Celui-ci aurait un module d'entrée étanche aux virus et ferait l'objet d'une mise à jour systématique à chaque démarrage et toutes les vingt-quatre heures pour les systèmes devant en fonctionner en continu.

– La grande idée de Montalgot fait son chemin. Elle consiste à faire perdurer dans chaque département des *Ateliers d'échanges informatique-numérique* pour former tous les citoyens au nouveau Fsys et anticiper sur les évolutions et incidents. Les précisions apportées par la commission au sujet du Big-virus sont les suivantes :

– À ce jour, même si le virus est loin d'être éradiqué, le groupe d'experts prétend l'avoir approché et avoir une idée de son mode d'action et les organes touchés sont connus. Un cahier des charges

est en cours de rédaction pour étudier la mise au point d'un antidote spécifique.
Ensuite, il faut être conscient que le délai de réparation du parc français ne sera pas inférieur de six à huit mois.

– Les premières études et essais d'un Fsys modifié pour les Smartphones et les tablettes sous Windows 12.

– Une prochaine réunion des ministres de l'Europe du numérique pourrait bien valider et reprendre l'idée du Fsys à travers la création d'une filiale informatique Europe. Évidemment, les USA et surtout les autres pays asiatiques s'inquiètent de ce projet, tout en étant persuadés d'être les plus imaginatifs. À n'en pas douter, ils proposeront rapidement une riposte, qui est peut-être déjà étudiée dans le secret de leurs centres de recherches.

Notons que la cote sentimentale de la Jeanne n'en finit pas de monter dans la France profonde. Dans tous ses déplacements parisiens et ses conférences en province des scènes de ferveurs populaires se font jour.

On pense déjà que les prochaines élections présidentielles seront chaudes…

Le mystérieux Condisciple…

Après une expertise longue et très minutieuse sur différents PC et Mac, mais également sur le réseau de France Télécom, un mystérieux informaticien nommé *le Condisciple*, découvre comment isoler le script du fichier du Big-virus. Par ailleurs, comme son système informatique personnel est performant et hyper protégé, il n'a connu aucun déboire avec le virus. En fouillant le Net il est parvenu à remonter l'historique de la propagation du virus et qu'elle ne fut pas sa surprise de comprendre que le fichier initial venait d'un autre continent. En effet, la traduction du langage machine d'un fichier annexe semblant pourtant anodin, lui confirme une adresse Internet ip9 venant de Cuba.

À partir de cette découverte, le Condisciple devient un informaticien blessé dans son amour-propre, d'autant qu'il ne comprend pas comment un Cubain isolé et soumis à un embargo scientifique et technologique peut concevoir un virus aussi performant et destructeur. La stratégie mise en place pour rendre invisible le virus, le mettre en sommeil, puis le réactiver est tout simplement géniale. Alors, ce Condisciple informaticien atypique devient un chasseur blessé du numérique en proie à un mélange d'admiration et de crainte. Mais aussi d'une grande jalousie de ne pas avoir pensé le premier à cette routine attaquant les mémoires vives et mortes des ordinateurs. Il comprend également que pour être si brillant et à ce niveau de technicité, le concepteur est probablement jeune et aidé par une grande et puissante nation, probablement la Russie ou un de ses pays satellites. En tout état de cause, le Condisciple qui se croyait seul sur le marché de l'écriture des grands virus apprend qu'il a un concurrent redoutable sur son créneau très particulier d'activités néfastes à la société.

Le virus est trouvé

Il est vingt-trois heures, lorsque le téléphone qui a retrouvé de la vitalité dans une partie de la France, troue le silence de l'appartement de Montalgot. Au bout du fil, Robert lui demande :

– Bonsoir l'amie, malgré cette heure tardive, puis-je venir te rencontrer pour te montrer le contenu d'une enveloppe que je viens de recevoir par un porteur spécial. C'est curieux, mais avant *la grande panne* du Net, cet homme me livrait de succulentes pizzas Pépé. Sur ce pli, aucune information de l'expéditeur ne figure, mais à l'intérieur se cache une vraie bombe virale d'ampleur diplomatique.

– Passe me voir, mais pas trop rapidement, car je termine un policier torride.

– Je saute dans le quart d'heure sur ma Harley et j'arrive. Vingt minutes après, les deux amis s'installent sur le divan et Robert étale sur ses genoux les trois documents contenus dans la grande enveloppe matelassée grise. Le premier est un texte assez court écrit en lettres cyrillique, devant lequel Jeanne ne peut cacher sa surprise et son interrogation. Devant sa moue, Robert la rassure :

– Ne t'inquiète pas, je l'ai déjà traduit.

Sourire crispé de Jeanne.

– Ah bon, tu parles russe maintenant ?

En bon technicien, Robert lui explique :

– Google vient de sortir un nouvel outil capable à partir d'une photo montrant un texte, de traduire toutes les langues. Mais, ne soit pas impatiente et accroche-toi encore pour regarder cet autre document, il va te mettre la puce à l'oreille…

Jeanne émet un sifflement admiratif.

– Mais c'est quoi ce truc encore ?

– Voici un grand synoptique où la partie en noir du dessin représente les séquences de démarrage puis de fonctionnement d'un système d'exploitation classique d'ordinateur. Superposée à ce schéma et dessinée en rouge, c'est probablement l'explication des modifications qu'entraînent l'insertion et le déploiement de notre Big-virus dans la procédure de mise en service. Plus bas, le second schéma indique comment il se répand dans les mémoires pour finalement les bloquer, le tout en quelques secondes. Jeanne se frotte les yeux devenus douloureux et se lève en affirmant.

– Je n'y comprends rien et j'ai besoin d'un whisky en urgence pour me calmer un peu. Je crains aussi que ma nuit soit blanche avec tous tes schémas informatiques !

Loin de rassurer Jeanne, Robert en remet une couche.

– Mais ce n'est pas terminé, le troisième document est encore plus curieux, regarde attentivement.

– Écoute pour ce soir, faut-il vraiment ajouter à ma prochaine insomnie des cauchemars ?

Robert est bien décidé à en finir de suite et il étale un autre document où là encore, la seule ligne de texte est écrite en russe avec un point d'interrogation. À côté, deux photos qui sont zoomées et manifestement issues de Google Earth, montrent pour l'une, des toitures de petits immeubles avec trois rues et deux probables petites places. Pour l'autre, c'est la photo d'une rue sans voiture ni piéton, avec des façades en mauvais état, dont l'une est stylisée avec du caractère néocolonial. En bas à droite une annotation précise : Plaza Magda. Là, à ce stade-là Jeanne est maintenant livide et semble incapable, même si elle n'a pas tout compris, d'aller plus loin. Robert décide de l'achever.

– Je te laisse tout cela, essaye de dormir et demain si tu veux que je t'aide, appelle-moi !

Dans un dernier effort, Jeanne ajoute.

– Pourquoi, tu as la solution de toutes ces énigmes ? Robert goûte encore un peu plus son plaisir.

– Évidemment mon cher Watson, c'était finalement pour moi un grand rébus presque simple ! Robert remet son cuir de motard, prend son casque et la main sur la clenche de la porte pour sortir, il chuchote.

– Nous sommes trois à connaitre ce dossier explosif, puisque j'ai fait appel aux services d'un expert que j'appellerai par la suite « le Condisciple » et qui dans toutes circonstances devra rester jusqu'au bout dans l'ombre et ceci quoi qu'il arrive, c'est ma promesse envers lui !
Pour le reste, je t'expliquerai…

Le Condisciple, qui est-ce ?

Le lendemain matin, Robert retrouve Jeanne pour lui dévoiler les secrets promis de la veille. La conversation commence par une question du ministre :

– Toute la nuit, ton appellation « le Condisciple » a pollué mon sommeil, explique-toi vite sur ce curieux type en question !

Robert savait que cette question serait la première.

– Cet expert est une vieille connaissance des années soixante et précisément un de mes condisciples de l'X. À l'époque, pendant son cursus, l'homme était déjà très différent des autres étudiants. Timide, toujours enfermé dans sa solitude, mais aussi le plus doué de la promotion et pour ne pas sortir major, il fit en sorte de se saborder l'oral final de fin d'études. Par la suite, il devait tomber amoureux fou de l'informatique, cette discipline qui ne demande pas de communiquer avec autrui et va bien avec l'enfermement sur soi.

Après des stages aux USA et trois embauches en entreprise où il devait s'ennuyer et se considérer comme un être inapte au travail collectif et au management. Cependant il devenait pour la société Bull International, un chercheur en langage machine étonnant et très innovant. Parallèlement, il commençait malgré lui à se faire connaitre, tout en restant discret et indépendant, dans la création des grands programmes informatiques générateurs de virus pour les trois grandes sociétés mondiales, toutes leaders des ventes d'antivirus. Autrement dit, ce Condisciple inconnu physiquement de tous, ne sortant jamais de sa tanière perdue dans le Cantal, fabrique des virus de plus en plus puissants et les propose discrètement aux sociétés spécialisées. Ensuite, c'est un jeu d'enfant pour lui, de créer et de proposer l'antidote de ces mêmes virus pour en réparer les dégâts. Et ainsi la boucle est bouclée. En résumé, notre homme crée des virus et leurs antidotes, les vend à bon prix à des sociétés d'antivirus, lesquelles gagnent des millions avec leurs logiciels. Ainsi, depuis trente ans la planète numérique tourne dans cette douce folie. Parmi tous ses grands succès, ou encore son palmarès de star, enfin, si l'on peut tout dire… notre Condisciple est l'auteur des virus *Sobig*, *I love you* et *mydoom* qui ont détruit au total des dizaines de millions d'ordinateurs…

Sauf, que cette fois-ci, le Condisciple n'est pas l'auteur de notre Big-virus et que savoir qu'il a un concurrent aussi brillant que lui, le froisse énormément. Aussi, il a décidé de nous aider à démasquer le concepteur du virus et s'est proposé de nous donner quelques indices pour éradiquer le virus. C'est à cette fin qu'il est venu frapper à ma porte avant-hier à minuit…

En 2018, une rencontre fortuite.

Les deux hommes se sont rencontrés et fréquentés pendant leurs trois années d'étude à Polytechnique, c'était au début des années soixante-dix. Par la suite, ayant des personnalités totalement différentes, ils se sont perdus de vue jusqu'au treize décembre de l'année 2018. Ce jour-là, le hasard, une balade et un banc public, dans une allée du jardin des Tuileries les firent se rencontrer. Robert se souvient bien de cette rencontre fortuite où ils discutèrent comme de vieux camarades qui se retrouvent aimablement, mais sans plus.

Après des banalités, il devait apprendre que le Condisciple phosphorait dans la recherche appliquée informatique et concevait de très vilains virus numériques, mais qu'il ne souhaitait pas en dire plus, sinon que ses revenus étaient importants. En somme, depuis de nombreuses années, avec le même cursus, l'un brillait sur les estrades et podiums politiques, l'autre se planquait pour fabriquer des virus et leurs antidotes qui polluaient les nations du tout numérique. Mais voilà, il y a quelques semaines, avec cette histoire récente de Big-virus, le

Condisciple qui a presque tout compris de *la grande panne*, se sentant menacé dans ses activités, décide d'agir au plus vite.

L'occasion était trop belle pour lui, de reprendre contact et de proposer ses services à son ex-camarade Robert, lequel vient justement d'être chargé d'animer un groupe d'experts en mission gouvernementale, pour éradiquer ce vilain virus. Après une longue soirée d'échanges, les deux copains de promotion découvrent que leurs intérêts, certes différents, mais finalement très complémentaires, leur imposent de travailler ensemble. Ils rédigèrent une convention secrète où chacun imposa des règles d'actions et surtout une confidentialité totale. Aucun des deux n'était censé s'être rencontré et avoir échangé sur le Big-virus !

Les semaines passent…

Les semaines s'écoulent dans une France qui devant la reprise des activités retrouve de l'apaisement et une forte envie de repartir dans une nouvelle société. Les sociologues et les politiques sont même étonnés de voir combien le climat social, entre les employés et le patronat, s'est détendu et calmé. Le leitmotiv « arrêtons de pleurer et retroussons-nous les manches » commence à s'ancrer dans les esprits. Chaque jour, les médias racontent et commentent les solutions et remèdes très originaux mis en place dans des micros-sociétés ou PME. Curieusement, ce sont les startups pourtant privées du Net, qui innovent le mieux et le plus vite.

Les relations humaines ne sont pas en reste et dans les entreprises l'on vérifie que les directions et les représentants du personnel s'écoutent et échangent mieux qu'avant *la grande panne*. D'ailleurs, l'on note avec étonnement que les adhésions syndicales continuent à se multiplier, quelques sociologues et des politiques s'en réjouissent. La France, très en retard sur ce sujet, va-t-elle maintenant dépasser les autres pays européens ?

Dans les familles, au collège, dans les rues, les enfants et ados commencent à comprendre ou à accepter qu'une vie est encore possible sans le Net et leurs réseaux sociaux. Ils ont compris que les parents n'étaient pour rien dans la disparition des Facebook, Twitter, Instagram et autres outils de communication. Leur hostilité envers les adultes a disparu et le dialogue parents-enfants est retrouvé pendant les repas où chacun raconte sa journée, ses joies et ses peines, d'autant plus que l'écran TV éteint n'est plus un concurrent direct aux échanges et à la communication intergénérationnelle. Les esprits sont aussi libérés par la disparition du matraquage publicitaire du Net qui s'était généralisé avec le tournant commercial et le marketing des années 2000. Cette pub insidieuse que l'on consommait dans tous les médias et même à tous les étages… Un peu de calme, moins d'agressions auditives et visuelles pour ceux qui se croyaient avant le Big-virus obligés d'acheter le dernier Smartphone, le récent modèle de BMW, le nouveau parfum de Dior ou encore le dernier Musso, cet anti Nobel de Modiano.

On se prend aussi à rêver de décrocher tous les panneaux publicitaires géants qui enlaidissent les entrées et sorties de ville. Ce presque vide publicitaire deviendrait pourtant reposant, mais pourra-t-il perdurer lorsque le Net et son aréopage de sites reviendront après *la grande panne* ?

Les relations humaines semblent avoir bougé dans le bon sens et atténuent les grands défauts de l'homme qui sont entre autres : l'indifférence du voisin, l'égoïsme forcené, l'égocentrisme, le mercantilisme, le profit, etc… Il est vrai que les gens récupérant chaque jour deux heures de Net et de TV, pensent à autre chose et se mettent à s'évader dans la lecture, jouer de la musique, pratiquer des loisirs et des arts. Globalement, ils deviennent alors moins stressés, moins pressés. D'ailleurs, le corps médical signale une baisse sensible des patients dans les salles d'attente, les ventes de Lexomil se sont effondrées et évènement incroyable : la sécurité sociale dégage maintenant des bénéfices ! Une grande partie des maux et défaillances sociales de la société capitaliste du chacun-pour-soi sont en régression et font place à des envies de partage, de mise en commun et d'entraide collective.

Un nouveau *Blablacarplus* d'entraides gratuites se fait jour et on constate qu'il apparaît dans le pays un vent de collectivisme nouveau et des aspirations à concrétiser ce changement d'état d'esprit plus social.

Dans les maisons et sur la voie publique, l'on évoque un renversement sociétal et la création d'un grand mouvement social où le monde associatif et les syndicats obligeraient les hommes politiques à innover, à changer de méthodes, peut-être même de République. Et justement, il est une des femmes politiques qui depuis deux ans reprend ces thèmes dans ses discours et invite les

Français à songer à une VIe République. Depuis le soir de *la grande panne*, elle multiplie les interventions, fait des propositions aux Français, tout en essayant de réparer le Net. C'est bien Mme Montalgot et dans son ombre sa conseillère inséparable Delphe Daltho !
Les avis et les sondages à son égard sont dithyrambiques, la presse l'encense, elle vient d'être confirmée à la tête des frondeurs PS et verts. Dans le pays des manifestations en sa faveur s'organisent, sans même qu'elle les favorise, ce qui est en soi étonnant pour un personnage politique.

Et cerise sur le gâteau, son originalité et son projet de nouvelle République rendent muette toute l'opposition…

En septembre, un roman anonyme.

Ce matin, dans l'antichambre confortable du cabinet de Montalgot, un homme en blouson de cuir noir, armé de patience, installé dans un fauteuil moderne et transparent, attend l'arrivée de l'édile. Neuf heures, les pas alertes de Jeanne se font entendre, le visiteur se lève et s'avance vers le ministre.

– Puis-je vous voir deux minutes, Madame, ce ne sera pas long.

– Pas de souci, je vous écoute.

L'homme au blouson, tout en cherchant un objet dans son cartable, raconte :

– Voilà, je suis le commandant Ledure, responsable de la sécurité pour le ministère de l'Intérieur et je dois vous remettre ce paquet qui vous a été adressé avant-hier. N'ayant aucune information de l'expéditeur ni de son contenu, il a été considéré comme suspect et donc ouvert par mes services.

Jeanne surprise rétorque :

– Oui, très bien, mais finalement qu'en est-il de ce paquet ?

Le commandant lui tend une grosse enveloppe matelassée, tout en ajoutant :

– Rien de spécial, c'est, semble-t-il, un livre, genre roman. Mais il m'appartenait de vous expliquer pourquoi l'enveloppe le contenant a été ouverte. C'est le règlement pour les ministres, il doit y avoir un contact physique avec le destinataire pour expliquer la situation.

Jeanne s'empare du paquet et machinalement serre la main de l'homme qui tourne déjà les talons. Elle se dirige alors vers son bureau tout en marquant son étonnement devant le titre du bouquin : *l'énigmatique Cubain.*

Jeanne plonge alors dans les pages en faisant appel à sa grande expérience de lecture rapide et se met dévorer le livre qui d'ailleurs ne fait que cent-vingt pages.

Pendant ce temps-là, la salle d'attente commence se remplir des cinq rendez-vous de la matinée. Le livre raconte une aventure sentimentale, le grand coup de foudre d'une touriste française nommée Sophie, pour un jeune et beau Cubain Ricardo dans les années 2010-2012, croit- elle comprendre... Mais cependant, aucun chapitre ne renferme de dates précises. Le texte semble écrit par une femme, mais une histoire d'homosexualité n'est pas à exclure, semble-t-il, car un des accords des verbes est conjugué au féminin, ce qui permet de penser à ces deux hypothèses.

Au hasard d'une rue, Sophie avait demandé sa route à un jeune homme d'une extrême beauté, en un seul regard elle était tout simplement devenue follement éprise. Ils s'étaient donné rendez-vous pour le soir même, elle l'avait invité au restaurant et Ricardo s'était montré entreprenant dès cette première soirée. Il s'ensuivit une nuit torride, comme elle n'en avait jamais connue.

Ce jeune homme de trente ans à l'époque, s'était montré un amoureux avec des grandes capacités physiques sexuelles extraordinaires et répétitives, au point qu'elle avait dû réclamer une trêve...

Ils s'étaient beaucoup parlé durant leur idylle d'un mois, dans un mélange de leurs deux langues, où parfois en dépannage l'anglais apparaissait. Ricardo était très cultivé, elle avait compris qu'il maîtrisait également le russe, mais questionné sur les raisons de la pratique de cette langue, il avait refusé de s'expliquer et d'en dire plus. Cependant, à deux ou trois reprises, Sophie avait compris que Ricardo connaissait bien ce grand pays pourtant lointain. En un mois de parfait amour, le jeune homme ne devait lui parler qu'une seule fois de son statut avantageux d'étudiant à l'Ecole Supérieure des Services Secrets cubains et de contre-espionnage. À la page soixante-trois du roman, il est question des concours d'informatique cubains et russes dont Ricardo était le brillant lauréat. D'ailleurs, la narratrice raconte combien le soir, sur l'oreiller, cet homme lui parlait souvent de sa passion dévorante pour les virus filtrants et dont il rêvait souvent...

ajoutant que de son côté, étant une littéraire elle ne comprenait rien à toutes ses histoires numériques.

Pourtant page suivante, elle raconte que la veille de son retour en France, elle a subtilisé et glissé discrètement dans sa valise, deux ou trois petits schémas d'études informatiques de son ami Ricardo, juste pour en faire d'émouvants souvenirs de son aventure.

Mais à la page quatre-vingt-quatorze, Jeanne est étonnée de lire ce commentaire de la narratrice : « Ricardo, chaque soir était en étroite relation radio avec de mystérieux correspondants et il se plaignait de devoir monter et démonter péniblement sa grande antenne tous les soirs. Jeanne décide alors de faire des cornes aux pages du livre comportant des descriptions précises de deux lieux d'habitations où les deux amants se retrouvaient, dont l'un le plus fréquenté, était la petite chambre attenante l'atelier informatique, situé dans une ancienne manufacture de tabac abandonnée, proche de la petite calle Magda, dans les faubourgs industriels de La Havane.

On ne sait jamais, se dit-elle… cela peut être utile pour la suite !

Mais qui finalement a rédigé ce roman ? Sophie ? Où a-t-elle raconté ou dicté son histoire à une amie, quelques années après ?

Par la suite, quelques semaines après cet événement, les services secrets français apprendront qu'un espion à jupon et talons hauts était entré dans le lit du Condisciple et surveillait de près toutes ses activités informatiques, ainsi que toutes ses relations amicales. Elle devait découvrir que la petite sœur Eléna du Condisciple, avait une relation amicale avec une certaine Annie L, laquelle était la grande amie de la Française qui avait vécu passagèrement avec le jeune informaticien Cubain.

Ce qui est certain, c'est que tout ce petit monde échangeait de multiples informations, tout en se surveillant très étroitement…

Nouvelles élections

Après tous les déboires vécus et les difficultés rencontrées avec *la grande panne du Net*, les Français au fil des mois commencent à s'adapter et même se résigner à vivre dans une nouvelle société. Celle où le tout numérique ne serait plus un passage obligé de toutes leurs activités professionnelles et de leurs loisirs. Les sociologues étonnés notent même que la population se redresse avec énergie et ils affirment que l'espoir dans l'avenir renaît dans le pays.

Hier soir au JT d'une télévision maintenant réparée, le Président a fait la synthèse des mois de l'absence du Net il a ensuite remercié vivement les enseignants, les journalistes, les philosophes, les écrivains, les intellectuels qui ont su se mobiliser pour expliquer et démontrer que la société serait plus douce à vivre si la course au progrès ralentissait un peu ! Il a poursuivi son intervention en exprimant qu'une fois encore dans l'histoire, notre pays serait observé par le monde entier dans sa faculté de renverser un ordre établi qui ne lui convient plus et de faire une petite révolution sociale laissant plus de temps libre et de loisirs au peuple. Il devait poursuivre son intervention politique en retrouvant une tonalité de gauche disparue depuis deux ans. Dans une longue tirade émouvante, le Président fustigea sévèrement certains intellectuels défaitistes de droite, puis il mit en garde les économistes de mauvais augure qui ne cessent de répandre des slogans alarmistes du genre : « rien ne va, la crise n'en finit pas, la France est plus malade que les autres pays ».

Enfin, il devait s'étrangler en affirmant haut et fort : « ces gens développent dans les médias des théories démotivantes, alors que pendant ce temps-là, les nantis, les banques, les financiers, s'en mettaient plein les poches et encore plus qu'avant ! »

À l'entendre, on se croyait à la fête de l'Humanité ou au pied d'un podium d'une Arlette déclamant pour le compte de Lutte

ouvrière. À l'extrémité de son intervention, le Président donnait une information importante, mais déjà connue de tous.
À savoir, qu'à la suite de l'annulation pour vice de forme et tricheries des dernières élections présidentielles perturbées par la fameuse *grande panne du net*, le Conseil d'État et le gouvernement ont proposé au Président, des nouvelles dates de scrutin dans le prochain semestre. Son ultime dernière phrase, fut de demander aux Français de se mobiliser pour cette prochaine élection.

Nous avons donc encore droit de rêver !

Le départ vers Cuba

Jeudi soir, Roissy CDG, il est vingt heures, trois hommes dans la quarantaine, non rasés, en jean, portant des blousons de cuir se présentent aux formalités d'embarquement du vol pour La Havane. La file d'attente est longue au guichet de la police des frontières, mais les trois hommes de la DGSI ne s'agglutinent pas aux touristes et prennent le couloir de gauche, celui des officiels. Ils exhibent une carte barrée tricolore, le policier leur fait un sourire et baisse la tête trois fois de suite, sans mot dire, comme un renoncement à contester. Leurs valises arrivées par porteur spécial sont déjà dans les soutes à bagages depuis dix-huit heures. Leur mission à accomplir sur l'île cubaine est compliquée et présente même des risques physiques et diplomatiques évidents.

En effet, depuis un mois, le roman *L'énigmatique Cubain* est entre les mains du contre-espionnage français. Dans cette affaire trouble, qui commence à être élucidée, une question taraude et intrigue les trois experts devant s'envoler dans quelques minutes. En effet, ils sont persuadés que Mme Montalgot leur cache des petites informations et/ou protège une source française proche du Big-virus. Parallèlement, une grande enquête policière secrète est menée avec les pays du sud de l'Europe pour vérifier que la mafia n'est pas impliquée dans *la grande panne* du numérique. De son côté, un autre service de la DGSI sonde les pays du Golfe Persique, pour savoir si les islamistes ont vraiment des spécialistes informatiques capables de générer et de mettre en place un tel Big-virus. Dans ces deux dernières hypothèses, toutes les réponses reviennent rapidement et elles sont négatives quant à la capacité technique de savoir-faire et de savoir propager un tel virus aussi destructeur.

Reste cependant une angoisse de taille pour la DGSI, une autre hypothèse encore plus folle...celle d'islamistes ultras performants, ayant eu l'idée de s'installer à Cuba pour semer et noyer toutes les pistes de recherches. Car enfin qui peut imaginer que le camarade Fidel Castro et ses services secrets pourraient abriter des islamistes, puisque nous les pensons tous cachés dans le fin fond des pays arabes du Golfe ?

Mais alors, que vont faire exactement ces trois hommes à La Havane et quel est l'objectif de leur mission dans ce pays ? Lequel vient seulement de s'ouvrir sur le monde il y a quelques mois, après avoir été fermé et boycotté par la planète entière depuis soixante ans, sauf par la Russie et ses pays satellites ?

La réponse n'est pas simple, mais voici le dialogue furtif qui s'est tenu il y a dix jours dans les sous-sols du siège parisien de la DGSI. Une petite rencontre insignifiante paraît-il, où nos fonctionnaires zélés ont pris langue avec leurs homologues des services secrets cubains. Le colonel français :

– Une information que nous pensons fiable nous indique qu'un jeune cubain aidé par les Russes ou les Russes aidés par un Cubain, essayent depuis quelques mois de propager des virus informatiques sur l'Europe en ciblant particulièrement la France. Nous avons en notre possession des indications sur son lieu de résidence. Donnez-nous l'autorisation de valider complètement ces informations.

Le patron Cubain :

– Et ensuite ?

Le colonel précise :

– Si sur place, nous vérifions que tout est bien réel, nous souhaitons procéder à son enlèvement-extradition discret et sans fumée svp… en direction de la France.

Évidemment, nous vous proposons qu'un de vos hommes soit de toute l'expédition.

Le patron des renseignements cubains demande en retour.

– Peut-être, mais en contrepartie que vous proposez nous ?

Le patron français répond :

– Très simple, ne cherchez-vous pas depuis cinq ans en France et nous le savons, votre dissident écrivain cubain le sieur Oswaldo Paga ? Lequel inonde l'Europe de livres anti Fidel…

Le commandant cubain

– Exact, offrez-nous la réciprocité !

Le Français :

– OK, pour faire la même opération d'enlèvement, mais les deux pays doivent réciproquement fermer les yeux…

Alors, pas un mot de plus, pas d'écritures, pas de traces, ils ne se sont jamais rencontrés. Les deux hommes se serrent la main et tournent les talons…

Le débarquement à La Havane

La Havane, Aéroport José Marty, le Boeing 747 se pose sur la piste manifestement bosselée, quelques cris de touristes se font entendre. Dans la carlingue, la tension est forte, la joie et les craintes se mêlent à l'idée de visiter ce curieux pays, qui n'est pas comme les autres… Les trois enquêteurs ne se précipitent pas pour descendre de l'avion, bien au contraire. Tranquillement, ils terminent la lecture de leurs journaux, descendent dix minutes après les passagers et sont cueillis par une voiture banalisée au pied de l'escalier. Ensuite, ils prennent la direction d'un hôtel d'État, *le Panama,* dans les faubourgs sud de La Havane.

À vingt-quatre heures, un Cubain basané, en costume gris sale et gros cigare Havane mâchonné, les rejoint. Il est en effet prévu une reconnaissance des lieux où le Cubain informaticien est censé résider, mais il n'est pas question d'intervenir rapidement ce soir. L'homme des renseignements cubains a une cinquantaine d'années, se prénomme Pietro, il parle un anglais rigoureux et s'installe au volant. Dans la grosse voiture américaine noire et rutilante des années 60 qui les emmène, une valise métallique DGSI prend place à l'arrière entre deux Français. Rapidement, la voiture disparaît vers le centre-ville, le traverse et s'enfonce dans une autre banlieue peu éclairée, en direction du lieu-dit indiqué dans le livre *L'énigmatique Cubain...* Les rues y sont défoncées et malmènent les occupants de la Chevrolet noire.

À l'arrière du véhicule les deux Français ont déjà ouvert la valise, extrait et mis en fonctionnement la valise du récepteur, déplié l'antenne directionnelle HB9CV, puis raccordé le câble coaxial au récepteur. La vitre arrière est alors abaissée, l'antenne est maintenant à l'extrémité d'un bras tendu qui se met à pivoter lentement sur trois-cent-soixante degrés. Pendant la rotation, les deux passagers arrière visualisent attentivement le cadran de l'appareil qui est un original smètre de course (indicateur de champ électrique). Soudain, l'amplitude du signal croît et un « stop » est crié au chauffeur, lequel ralentit et arrête la Chevrolet sur le bas-côté. Un casque est immédiatement posé sur les oreilles du Français assis droite du conducteur, lequel après une minute d'écoute studieuse, demande :

– Quelle est la fréquence, Marcel ?

– 27,199 Philippe, mais le plus étonnant c'est de ne rien entendre d'autre sur toutes les bandes radio.

En essayant de mettre un fort accent à son français pour ne pas être compris du Cubain, Marcel rétorque :

– Écoute, nous sommes à Cuba, ici le droit d'émettre quoi que ce soit est totalement interdit. L'homme que nous recherchons est donc le seul à enfreindre la loi, pourquoi et comment réussit-il cette performance ? A-t-il des autorisations exceptionnelles ou est-il de mèche avec les services secrets ?

– Oui, bien sûr, j'avais oublié le pays… Alors, nous allons repérer complètement le bâtiment, qui émet ces ondes ? Les deux Français à l'arrière du véhicule descendent le récepteur en bandoulière et l'antenne à la main, ils s'enfoncent dans l'impasse et dans ce noir inquiétant. Pourtant expérimentés et costauds, ces deux hommes n'en mènent pas large, d'ailleurs deux des quatre jambes flageolent sévèrement. Le repérage a duré huit minutes, ils remontent dans la voiture.

Marcel lance à Pietro :

– No problem, It's good, you can start le car.

Philippe ajoute :

– Et tout le monde va se coucher !

Mais en réalité, c'est totalement faux, car les trois hommes de la DGSI commencent un débriefing et la rédaction d'une note de service, dans une des trois chambres. Jean semble très satisfait :

– Faire de la gonio à Cuba, c'est quand même un vrai mélange de suspense et de joie professionnelle !

Sur la table de travail trônent deux cadeaux discrètement déposés par les confrères cubains, lesquelles probablement ouvrent toutes les portes des hôtels…

Un peu comme une solidarité non dite, mais exprimée à travers une énorme boîte typique de *Bolivar* grand calibre bagué et une bouteille de vieux rhum roux sympathique de Santa Cruz. De quoi leur rendre la nuit plus douce…

Le Conseil d'État

En ce début de nuit, sur un coup de sonnette tardif, Guillaume, le député du 18e et frondeur de gauche, ouvre la porte de son appartement à un coursier qui lui tend une enveloppe. Décachetée fébrilement, celle-ci contient un message de Paule, une ex-petite amie d'oreiller, exerçant la fonction de secrétaire principale au Conseil d'État. Guillaume, étonné, les mains moites d'inquiétude, lit en substance : « Mon petit ange, voilà ce que j'ai découvert sur le bureau du Président absent de Paris pour trois jours. Il s'agit du compte rendu de la dernière réunion des Sages de la semaine dernière…

Ce document important stipule que pour des raisons d'incapacité administrative et de troubles possibles à l'ordre public, l'élection présidentielle de mars dernier est invalidée et la prochaine se déroulera au mois de mai prochain 2024, l'information ne sera rendue officielle que dans trois à quatre semaines. »

Guillaume termine son infusion et continue sa lecture :

« Donc, et là c'est moi qui donne mon avis et non le Conseil d'État, vous avez donc, toi et tes amies Jeanne et Delphe, toutes les pièces en main pour mettre à profit cette bonne longueur d'avance que je vous donne si aimablement… Bises partout sur ton corps !

Signé : Ta Paulette encore aimante… »

Un quart d'heure après, Guillaume, tout sourire appuie sur bouton de la sonnette de l'appartement de son amie Jeanne. Quelques secondes de silence, un crachouillis se fait entendre dans l'interphone, le commentaire suivant est émis :

– Mais quel est le voyou qui sonne cette heure ?

Cependant, le flegme de Guillaume est grand :

– Mets ton pyjama camarade et ouvre ta 'lourde', j'ai du lourd !

La porte s'ouvre et le visiteur entend :
– Une minute… Je suis avec le gentil Gaston.
Dans l'heure qui suit, cinq autres frondeurs se sont joints au binôme. La réunion traîne en longueur, la nuit défile, elle est très agitée, mais sérieuse. À quatre heures, on se sépare non sans avoir décidé de pousser la candidature de Jeanne à la présidence, même si l'on doit faire fi de son investiture du Parti Socialiste. La répartition des tâches est faite entre tous ces amis, chacun à sa feuille de route. Probablement, et conformément aux usages douteux des politiques, les hommes se sont déjà réparti quelques Marocains dans le prochain gouvernement de la future Présidente Montalgot. Notez cependant que l'on a évoqué une parité intéressante, celle d'une certaine Delphe en Première ministre…

En politique, il faut savoir courir en tête et prendre la corde au plus vite… Et les frondeurs en question sont encore jeunes et véloces !

Suicides à La Havane...

Le lendemain, à vingt heures, les quatre hommes sont de nouveau dans la Chevrolet et reprennent la route de la veille. Dans une demi-pénombre, équipés de leur petit matériel gonio, ils franchissent le portail vétuste grand ouvert d'une grande propriété où trois bâtiments délabrés et assez éloignés les uns des autres sont dressés, mais aussi cachés par une extrême végétation luxuriante. Quand les trois Français avancent dans le jardin, le Smètre de l'appareil leur indique qu'un petit champ radio rayonne vers l'extrémité de la propriété. Au milieu d'un grand bosquet sombre, ils sont troublés par une énorme antenne onde courte qui est allongée au sol, laquelle est juste au pied d'un curieux bâtiment genre atelier. Sur la toiture, une parabole est braquée vers le ciel ou plutôt vers les satellites. Ils comprennent également que cette parabole est probablement invisible des maisons et des rues adjacentes, car un système ingénieux d'une grande et vieille coupole industrielle se déplaçant sur des rails semble pouvoir recouvrir le tout dans la journée. Dans ce pays, pour vivre heureux, il faut vivre caché...

L'ouverture de la porte du bâtiment est faite par Pietro, le Cubain du gouvernement et les quatre hommes entrent dans un petit bureau, puis dans un atelier. Là, derrière une grande table et surnageant d'un nuage de cigares, six personnages semblent les attendre et s'arrêtent de parler instantanément. Les Français sont alors étonnés de voir leur guide embrasser un membre de la réunion et sont priés de se mettre derrière la table. Le plus âgé des Cubains prend la parole, souhaite la bienvenue aux arrivants et explique les raisons de cette rencontre pas totalement fortuite...

Débute ensuite, une sinistre séquence émotion où ils sont priés de s'intéresser à de grandes photos qui jonchent la table, montrant deux corps pendus à l'extrémité de deux cordes accrochées à la poutre centrale d'un plafond. Aux pieds des deux hommes, deux tabourets qui à la dernière seconde de leurs vies, ont été probablement écartés d'une ruade. Sur une seconde photo montrant les visages des victimes, les Cubains expliquent aux Français, que ces suicidés étaient jeunes et que les Services Secrets ont fait cette macabre découverte il y a trois jours. D'ailleurs, la date qui apparaît sur ces deux photos est bien précisée. Le fond de la photo correspond à cette salle de réunion et l'énorme charpente de la salle est bien celle que l'on aperçoit juste au-dessus des corps des pendus. Curieusement, une jeune femme ouvre la porte apposée et entre dans le local en apportant le café et un Barcelo impérial, chargés de remonter le moral des Français. Décidément, tout est bien organisé à Cuba…

La réunion se poursuit avec une longue litanie d'explications, nous présentant sur la table deux énormes dossiers résumant et décortiquant les activités, les actions de recherches, de mise en place, ainsi que les contacts avec les pays étrangers pour organiser la propagation des virus sur tous les continents. Le chef de la délégation cubaine montre aux Français un autre dossier rouge, contenant tout ce qu'il faut savoir et comprendre pour mettre en place l'éradication le Big-virus qui sévit en France. Inutile de dire que les trois Français sont sur le point de s'évanouir totalement. Par ailleurs, les Cubains racontent que trois correspondants Russes, ont été découverts ce matin, pendus eux aussi, dans des locaux isolés du fond du jardin.

Ces autres suicidés étaient également des jeunes et tout ce petit monde avait fait leurs études à l'Institut Cubain des Télécommunications. A l'époque, c'était une grande école assimilable à Polytechnique et fréquentée essentiellement par les fils des leaders du parti de Castro. Les professeurs de cette école supérieure, mise en place sous l'ère de Krouchtchef, ont tous la double nationalité Cuba/Russie. La lecture sérieuse du dossier spécifique Big-virus apprend aux Français que le projet était de propager le virus sur l'Europe et en particulier sur la France. Ce pays jugé comme étant le plus favorable en termes de technicité et de propagation virale. Mais ne nous y trompons pas, la cible réelle et finale était probablement les USA. Pourquoi la France et pas l'Angleterre, ni l'Allemagne ? Tout simplement, parce que les Services Secrets russes et cubains pensent que notre pays est le plus inerte des trois nations citées. Il éprouve une certaine lenteur à se mobiliser avec sa sacro-sainte protection des libertés d'autrui.

De plus, la démocratie française freine et finalement souvent interdit les écoutes téléphoniques. Les Russes affirment aussi que la France depuis dix ans est une cible plus facile, car elle perd ses meilleurs scientifiques et ses grands diplômés, qui s'envolent vers les pays plutôt anglophones.

Les jeunes ingénieurs, alors qu'ils sont formés pour l'industrie et la recherche s'orientent rapidement vers la finance, les startups, le multimédia, affaiblissant ainsi le potentiel technologique et industriel français. Depuis vingt ans, les usines disparaissent et sont remplacées par les énormes containers qui s'amoncèlent sur les quais de tous les grands ports, devenus des banlieues de la Chine. Mais que penser de toute cette sombre histoire cubaine, de ces Cubains qui se sont suicidés ou que l'on pourrait avoir suicidé… Nos trois hommes de la DGSI ont dans leurs méninges d'autres hypothèses, comme celle-ci par exemple : une sordide volonté de vengeance de la Russie en direction de cette vilaine Europe qui s'est mobilisée pour limiter ses ébats guerriers en Ukraine et l'empêcher aussi de reprendre des territoires autres que la Crimée. Peu courageux à s'afficher, les Russes ont peut-être tenté de faire porter le chapeau aux Cubains… Allez savoir !

Le retour des hommes de la DGSI

Roissy, dimanche matin, dans le Boeing 747, qui vient de stopper ses moteurs sur le tarmac, les trois hommes de la DGSI ouvrent les yeux. Après une nuit assez inconfortable, fatigués, ils rêvent de prendre une bonne douche fraîche qui les réveillerait complètement et ôterait les séquelles de la petite fête de la veille avec leurs homologues cubains.

Après trois jours sur l'île, ils n'étaient pas encore pas familiarisés avec le mélange détonant que constitue un gros cigare Trinidad ajouté à un Mojito au vieux rhum agricole. Comme pour les VIP, une voiture banalisée les attend devant la porte dérobée du premier escalator de la sortie, la voiture conduite par un collègue sort en trombe de l'aéroport et fonce vers le siège de la grande maison de Levalois où un débriefing doit se tenir avec le colonel. Dès leur entrée dans le bureau de ce dernier, les hommes déposent sur le bureau du Patron un bel étui en cuir, contenant trois cigares renommés, bagués et de collection, ayant pour très charmants noms le *Diplomatos, le Montecristo, le Bolivar*. Le colonel propose un café et commence la réunion :

– Merci les gars, c'est sympa d'avoir pensé à votre vieux pote. Racontez-moi votre expédition et vous rédigerez votre rapport après notre rencontre. Je vois le ministre ce soir, je lui remettrai ma synthèse. Philippe, le capitaine de la mission explique de A à Z le déroulement des trois jours, en insistant sur trois points fondamentaux :

La précision des informations du roman était géniale, le Cubain informaticien était bien au rendez-vous, sauf qu'il n'était plus en vie, mais s'était pendu deux ou trois jours avant…

Le Colonel rebondit :

– Oui, mais suicidé par lui-même ou une affaire montée en suicide, d'après vous ?

Marcel donne l'avis du groupe :

– Les Cubains nous ont fait comprendre que chercher la vérité était peine perdue et que l'important n'était pas de savoir pourquoi et comment le roi du virus n'était plus là…

Philippe donne son avis :

– Ils ont un peu raison, l'important n'est-il pas de rentrer avec le dossier technique élucidant la genèse du Big-virus ? Comme nous ne sommes pas les Champollion du langage machine, nous

avouons humblement ne pas avoir tout compris de l'écriture informatique du Big-virus, mais les spécialistes, eux, trouveront leur bonheur. Un dossier spécial propose aussi une amorce de solution d'antidote pour éradiquer le virus.
Le colonel sourit et continue :

– Parfait les gars, bon boulot, je vous ferai avancer en fin d'année. Mais autre chose me chiffonne, ce jeune Cubain n'était-il pas manipulé ? Et si oui, par qui d'après vous ?
Philippe, par recoupement d'informations donne son avis. – Il était donc triplement manipulé, par les Russes en souvenir de l'Ukraine, par des islamistes radicaux pour qu'il inonde de virus les USA, par les Chinois à des fins commerciales pour renouveler un parc informatique géant !
Le colonel se gratte la tête :

– Rien que tout cela… Voilà une nouvelle stratégie pour faire la guerre, elle devient virale, c'est à peine croyable !

C'est l'heure de se séparer, les trois mousquetaires de la DGSI sont pressés de rentrer chez eux, pourtant il faut encore plancher sur l'écriture d'un rapport, lorsque Philippe veut préciser au colonel :

– Ah oui, au fait mon colonel, vous trouverez dans le dossier, pourquoi, outre les manipulations, le Cubain s'était mis à la tâche et était satisfait de cibler la France. Pour cela, il avait deux raisons essentielles.
Le colonel étonné :

– Mes lesquelles donc ?
Persuasif, Philippe continue :

– À Moscou, il y a déjà longtemps, après avoir été refoulé et remis dans l'avion pour Cuba, il avait réussi faire une escale à Paris avec la ferme intention de demander l'asile politique.
Marcel précise alors :

– Il faut comprendre mon colonel, que notre Cubain était très déçu et affecté d'avoir été abandonné par la Française du livre…

Car avec elle, il s'était persuadé qu'elle l'aiderait à réaliser son grand rêve de vivre à Paris.
Le Colonel dans un large sourire :

– En somme le Big-virus est la somme d'une histoire de politique internationale et d'une curieuse vengeance amoureuse.

– Mais il est perspicace notre chef ! conclut Philippe.

La Havane – juin

Sophie... J'espère a toi une bonne sante ? Bonne presque est la miene sans toi ! Mais toi en France alors moi être dans le malheur... Tout les jour je pense a nous, a l'amour donné par toi pour moi. Alors, pourquoi vivre toi a Paris et moi La Havane ? Mes nuits pas bonnes, toujours je pense a nous, et l'amour impossible pour toi a donner a ton corps. Pourquoi toi pas vouloir me prendre a Paris ? Moi vouloir vivre a Paris avec toi et apprendre français dans l'ecole le matin et faire informatique aprè midi. Que je doit faire pour etre bientôt un mari a toi ? Des papiers naissance ? Passeport a l'ambassade ? Me dire vite si moi peut venir vivre avec toi ? Si oui, toi venir vite me cherché, j'ai l'argent pour l'avion ! En France, moi continuer le travail avec les virus, pas difficulté et la société en Russie est OK pour moi ! Vite venir chercher moi, te faire l'amour beaucoup souvent... Vie impossible sans toi ! sans toi, ne pas vivre ! Si toi pas venir, alors n'a plus amour pour moi. Alors moi tres faché avec la France et moi serait méchant avec ton pays et faire un jour un gros virus pour la France. pour venger moi ! Excuse moi ma Sophie J'aime toi beaucoup, moi Ricardo vouloir visité la Tour Effel, vite, vite Amour de Ricardo !

Cette lettre d'amour intéressée…

Cette lettre non datée ou effacée et d'un français plus que précaire venant, semble-t-il, de Cuba ? Mais est-elle bien réelle ou émane-t-elle des services secrets et si oui, de quel pays ?

Elle vient de parvenir par courrier recommandé à Mme Montalgot à son domicile particulier. Dans l'enveloppe, aucune autre information et commentaire de l'expéditeur. Écrite sur un papier de mauvaise qualité, presque sale et froissé, elle semble avoir parcouru beaucoup de chemins et aussi de kilomètres.

Après la lecture de ce document, Jeanne est très perplexe. Déjà, elle fut surprise à la réception de ce si curieux livre, la voici maintenant en possession d'une lettre envoyée probablement par la même Sophie, à moins qu'il ne s'agisse encore d'une autre manipulation de services spéciaux ou secrets, mais alors lesquels ? Certes, on y parle bien d'amour, mais aussi de vengeance à coups de big-virus. Décidément, Jeanne ne comprend rien à ces lignes.

Alors, très inquiète elle appelle son ami Pierre l'actuel ministre de l'Intérieur, lui aussi un transfuge du PS…

Panique au PS

Devant, les événements qui secouent le parti socialiste et le nombre de candidats souhaitant se présenter aux élections à la Présidence, un congrès exceptionnel est décidé. À l'ordre du jour, quatre questions sont posées aux adhérents. La première est de savoir si le Président sortant est de nouveau candidat et quelles chances il a d'être réélu, sachant également que la droite est déjà en pole position dans les sondages, avec son *ex* qui veut reprendre son trône. La seconde, découle de la première question et pose le problème de l'obligation faite ou non, au Président sortant, de participer à la primaire interne du parti. La troisième est encore plus complexe, puisque c'est : comment gère-t-on la candidate Montalgot ?

Certes Jeanne est une personnalité éminente du PS, mais depuis un mois elle rechigne ouvertement à se présenter dans une primaire et affirme que la méthode est destructive pour son parti. La quatrième est plus grave encore, puisque cette candidate dissidente menace de claquer la porte du PS, pour créer avec Delphe Daltho un nouveau parti politique qui serait le SDN et regrouperait les Socialistes déçus, les Écologistes, les Démocrates. Un vaste programme…

Notons, de plus, que dans toutes les négociations internes et secrètes, plus proches d'ailleurs de joutes que de débats d'idées, l'on croit comprendre que deux anciens Premiers ministres afficheraient eux aussi, des velléités de reprendre du service et même de participer à la primaire. Pour l'un d'eux, il est actuellement en poste au Quai d'Orsay et se trouve être le second du gouvernement dans l'ordre protocolaire. Pour l'autre, il s'est retiré de la politique avec fracas, depuis une certaine et mémorable veste électorale il y a fort longtemps. En somme, comme tous les cinq ans, c'est de nouveau l'heure des élections présidentielles et les éléphants du PS se réveillent et commencent le combat dans la savane socialiste.

Néanmoins, quoi qu'il se produise, demain et dans les semaines suivantes, les sondages affirment aujourd'hui que le Président actuel est boudé par la population, alors que Mme Montalgot représente un grand espoir de renouveau et enfin la parité au plus haut sommet, même si elle est jugée parfois incontrôlable, par quelques hommes politiques jaloux sans doute. Quant aux deux *ex* et anciens Chefs du gouvernement, ils sont considérés comme compétents, mais devenus peu dynamiques et quelque peu has been... On comprend donc que rien n'est joué, le suspense est total !

Aurons-nous pour la prochaine présidentielle, une grande empoignade entre une femme de grande envergure et la bagatelle de trois ex-Présidents de notre République ? Si oui, bonjour la nouveauté, la parité et le renouvellement si nécessaire de la classe politique !

Autre question : Le Big-virus et *la grande panne du Net* vont-ils servir de tremplin à Jeanne et desservir ceux qui sont restés passifs devant les tragiques événements que traverse le pays ?

Jeanne fait son show

La future candidate Jeanne et sa chef de cabinet sortent de l'hôtel Mercure en trombe, sans même enfiler leurs vestes, lesquelles sont balancées sur les épaules. Devant l'accueil de l'hôtel, une ambulance rutilante les attend. Eh oui, mais pourquoi donc tous ces VIP se déplacent-ils communément dans ce genre de véhicules ?

Deux raisons : la première, ce sont des gens débordés qui ont des journées trop courtes et sont toujours pressés de passer d'une manifestation à une autre. La seconde est liée au fait que les citoyens ne supportent plus leurs voitures avec motards et toutes sirènes hurlantes qui ouvrent la route et bloquent les rues. Alors, VIP et ces vedettes ont trouvé l'astuce du transport médical simulé, permettant suivant l'heure de gagner des minutes précieuses et assurant leurs vols pour Orly ou Roissy.

Devant l'immeuble original de France Télévision, trois directeurs et quatre hôtesses sont ravis et impatients d'approcher la candidate Jeanne. Il faut dire que depuis quelques mois ces gens-là, scrutent les sondages et aimeraient bien conserver leur fauteuil, si Mme Montalgot s'installait à l'Élysée.

Il en est ainsi dans notre République, tous les cinq ans les gens importants de la nation, doivent se remettre debout sur les pédales et même en danseuse, pour revenir sur le devant de la scène et montrer qu'ils existent. Parfois même, ils doivent sentir le vent, soupeser les chances de chacun des candidats, faire un choix et prendre le risque de se déclarer publiquement pour l'un ou l'autre. Mais là, il s'agit des plus courageux ou de cas désespérés de ne pouvoir rester président de leurs sociétés. Tous ces gens, sont appelés par les médias les *grands commis de l'État*, ils traversent allègrement les allées du pouvoir politique ; ils sont issus du même moule, de la même formation, de la même paroisse. Ils apparaissent bien placés dès que leur poulain politique gagne les élections, puis à la prochaine campagne électorale perdue, ils se mettent à l'ombre pour cinq ans en rejoignant leur corps d'origine, lequel est attribué par leur rang de sortie de l'école. Ces jobs dorés sont une assurance tous risques à vie, quoi qu'ils fassent et qu'ils aient ou pas des mérites. Certains même, vont *pantoufler dans le privé*, donnant bien à cette expression française et unique, tout l'archaïsme et le besoin impératif de réformer notre société.

Mme Montalgot se déclare.

Dans le studio TV du 20 heures, Jeanne prend place à la table où sont déjà installées les trois grandes vedettes de la presse, deux femmes et un homme. Dans le journalisme, comme dans beaucoup d'autres domaines les femmes sont devenues majoritaires. La France si réticente à admettre la parité pendant des décennies, l'ayant tellement réclamée depuis dix ans, fait que maintenant le plateau de la balance a presque chaviré, laissant certains hommes à la maison… dans l'enseignement, le droit, la justice, la santé, etc…

Les deux techniciens du plateau lui mettent sous le menton un micro, deux oreillettes, celle de gauche sera pour le retour de ses paroles et du débat, dans celle de droite elle pourra entendre son binôme Delphe. Certes, cette dernière est hors champ caméra, mais à ses côtés, elle pourra lui souffler une remarque, une idée ou la remettre sur les bons rails si besoin.

À peine installée, Jeanne Montalgot apparaît tout de suite sur les écrans de contrôle, toute souriante, ses vêtements sont dans un dégradé de bleu, les légers crans des cheveux et le coup de peigne partiel donnés rapidement ne sont pas les fruits du hasard, mais ont été très étudiés par sa coach en communication, les téléspectatrices y seront assurément sensibles.

La posture qu'il lui faut trouver est complexe, car elle va proba-

blement postuler la plus haute fonction de la République d'une des grandes nations mondiales.
Jeanne Montalgot sait parfaitement qu'en moins d'une heure d'émission, la femme politique doit être tout et son contraire. Il lui faudra jouer les scènes alternativement douces sur les généralités et les approches des sujets, mais précise sur les détails, rigide sur les orientations et prêt à déléguer pour certaines actions sociales, menaçante pour les voyous et gentille pour les familles, soupçonneuse dans les discours avec les grands financiers, tout en les caressant lorsqu'elle les aura rejoints à table, juste après l'émission.

Jeanne sait aussi qu'elle ne sera pas la candidate idéale, faute d'avoir fait la fameuse Sciences Po et non issue de la botte de l'ENA… Pour elle, ce fut la faculté de droit social et quelques années de terrains très formatrices. Son passé professionnel fut donc assez lointain du cours Florent, où l'on apprend les bases du jeu théâtral et de la comédie permettant de devenir un vrai et rapide caméléon politique sachant muter !

Les questions des journalistes fusent et derrière leurs petits écrans, les médias, les sociologues amateurs et surtout les rivaux de Jeanne décodent bien qu'ils assistent en direct à une véritable séance camouflée de promotion pour son imminente candidature laquelle va probablement surgir d'une minute à l'autre. Tout y passe, son lieu de naissance à l'étranger, sa Jeunesse, ses parents, ses études sérieuses, des incursions ou allusions à sa vie parfois people, un zeste de sa vie conjugale, son entrée politique, ses multiples mandants électifs et son grand paquebot municipal actuel. Jusqu'ici, c'était le quart d'heure sympathique, mais voici qu'arrive le morceau de choix de la politique pure et dure, qui ne lui laissera aucun répit. Elle sera mitraillée, devra telle une boxeuse échapper aux coups bas venant du journaliste du *Figaro*, se redresser avec la journaliste de *Libération* et se détendre avec la blonde du *Monde*.

Reste qu'il lui faut maintenant expliquer clairement son désaccord récent, mais profond, avec le Président actuel et qu'elle est bien consciente qu'elle va devoir démissionner de sa mission éminente et passionnante actuelle. Le chronomètre tourne à grande vitesse, Jeanne s'en inquiète lorsque la question qu'elle attendait de la part du journaliste du Figaro arrive enfin :

– Madame Montalgot, serez-vous candidate à l'élection de la Présidence et si oui, le serez-vous avec l'étiquette PS et/ou celle des Verts dont vous êtes proches ?

Jeanne se redresse, esquisse son plus beau sourire, gesticule et lève le menton, puis on la devine ôtant sa veste au profit d'une robe noire d'avocate générale. Alors, elle se lance dans l'énumération des erreurs politiques, économiques et financières, critique le fonctionnement de l'Europe, s'insurge contre le cumul des mandats et des carrières politiques de quarante ans... qui empêchent les jeunes de s'engager dans la vie sociale. Enfin, elle évoque la vingt-sixième place de la France au classement Pisa, qu'elle juge indigne de la cinquième puissance mondiale.

Dans le dernier quart d'heure et après avoir annoncé sa prochaine candidature, Jeanne s'évertue à démontrer que notre V République actuelle est en dysfonctionnement et combien il est important de promouvoir la VI République. À la fin de son exposé, un brin moqueuse elle regarde les trois journalistes et clame :

– Alors, on s'y met quand ?

Après avoir fait remarquer qu'elle avait largement contribué à réparer *la grande panne du Net*, Jeanne conclut :

– réfléchissons aussi à ce que font certains pays, comme la Suisse et sa démocratie au quotidien, le Costa Rica qui a supprimé son armée, ou encore comme au Bhoutan où l'on mesure le BNB (Bonheur National Brut) des citoyens, avant le PIB... Les journalistes remercient le ministre, le générique de l'émission remplit l'écran, c'est maintenant aux instituts de sondages de jouer.

Une fois encore les médias et les sondages inopportuns vont-ils encore influencer et modifier les impressions et les avis des Français !

Les jeunes bougent enfin…

Au lendemain du grand show télévisé de Mme Montalgot, la population est divisée. Pour certains c'est la grande consternation, mais pour les autres c'est l'espoir teinté d'euphorie communicative. Les sondages affirment que les téléspectateurs étaient aussi nombreux que le soir de la finale du mondial de football de 1998. Ce score surprend, mais l'on apprend aussi en décortiquant les détails d'une enquête média effectuée après l'émission, qu'exceptionnellement la jeunesse française s'était mobilisée devant les téléviseurs. Celle-ci, après avoir été fortement secouée par *la grande panne du Net*, devient au fil des mois admirative devant l'efficience de la brillante candidate. Ces initiatives et sa façon d'aborder les problèmes, puis de les résoudre à travers un panel de solutions originales, plaisent beaucoup.

Voilà que maintenant son projet électoral remporte l'adhésion de la jeunesse de France. Deux jours après l'émission de Jeanne, une rencontre discrète se tient dans un modeste hôtel parisien. Derrière la table sont présents : la candidate, son staff de contestataires socialistes, les trois représentants des syndicats des étudiants, des lycéens et des collégiens, quatre représentants des plus grandes associations et mouvements laïques de jeunesse et même religieux. Outre tous ces jeunes gens, des visages très connus et étonnants participent aux débats : deux responsables syndicalistes, le héros franco-allemand roux des barricades de mai 68 et enfin le philosophe bas normand spécialiste des universités populaires. Précisons que cette réunion est totalement à l'initiative des jeunes, au point que Montalgot fut stupéfaite de s'y voir invitée. On devait lui préciser aussi qu'elle n'avait pas son mot à dire sur l'organisation, les thèmes discutés, ni sur la forme ni sur le fond. Tout juste pouvait-elle venir les bras chargés de ses habituels croissants chauds matinaux…

Dès la première prise de parole, la puissance invitante, le leader de l'UNEF, s'adresse au ministre :

– Madame Montalgot, merci de votre présence et êtes-vous encore étonnée de l'aimable et gentille invitation ?

Jeanne sourit et belle joueuse explique :

– Oui, certes, dans mes fonctions c'est plutôt moi qui convoque ou invite, mais les jeunes savent bousculer les usages…

Le représentant des étudiants reprend :

– Ne perdons pas de temps et en deux phrases je vous explique : vous n'êtes pas sans savoir que votre brillante implication dans la résolution de *la grande panne du Net* est louée par toute la jeunesse de France.

Au point qu'une réflexion nationale hebdomadaire des jeunes s'est organisée très discrètement dans ce même hôtel depuis six mois. À ce jour, nous avons rédigé une plate-forme commune afin que la jeunesse française sorte de son coma politique, s'implique dans la société et réclame une juste place et des responsabilités. Or, depuis quelques heures les lignes ont encore bougé, puis qu'avant-hier soir nous avons appris les détails de votre programme électoral. De plus, sachez que votre projet pour une VIe République et votre contribution sur notre action d'envergure *Climat 2050* rejoignent toutes nos idées.

Jeanne se détend :

– Whaou, vous me donnez du courage !

Le vice-président de L'UNEF, qui est l'animateur de la réunion continue :

– Alors, Mme Jeanne, la réunion de ce jour a pour objectif précis de vous demander : comment pouvons-nous vous aider ? Comment est-il possible de nous impliquer dans votre campagne ? Sachant que notre charte collective n'exclut pas qu'une mini révolution de la jeunesse puisse s'avérer indispensable pour que l'on nous accorde un peu de crédit et un peu de pouvoir. Après ce premier débat, la seconde partie de notre rencontre sera consacrée à écouter les conseils de Dany le Rouge, sur comment : « secouer la France » et le professeur Michel terminera notre rencontre, en nous donnant des pistes et conseils sur comment remettre les religions à leur place et cultiver la laïcité dans notre République. Le secrétaire de séance se lève et demande :

– Et maintenant, qui veut poser la première question pertinente à Jeanne Montalgot ?

Les réactions et l'opposition

Depuis ce matin, le secrétariat de la candidate est encombré. Sylvie la secrétaire de Jeanne est sur le point de disjoncter, elle demande au téléphone aux amis frondeurs de venir en urgence l'épauler. Les appels téléphoniques pleuvent, pour obtenir des rendez-vous avec Montalgot, laquelle est à Bruxelles depuis hier soir minuit, pour négocier des rapprochements avec *les indignés* européens. Tous ces gens pressés de rallier le panache du ministre annoncent sans retenue que sa prestation d'hier soir les incite à rejoindre son nouveau parti le SDN. Quand Sylvie prend en note leurs noms et leurs partis, elle constate qu'il s'agit de grands responsables régionaux de gauche, des écologistes, des gens d'ATTAC, quelques centristes aussi. Il ne manque plus que l'appel du grand François 1er de Pau, pour devenir une nouvelle fois un courtisan…

Lorsque les trois amis députés frondeurs appelés en urgence arrivent et consultent les listes de noms, ils sont bien obligés de comprendre que la situation politique du pays est sur le point de devenir instable. C'est la confirmation que Jeanne avec son SDN (les Socialistes Démocrates Nouveaux) a maintenant la capacité évidente de siphonner les partis politiques de la gauche et du centre inclus. Il se passe en France avec retard, un mouvement nouveau et analogue à ceux qui ont déjà secoué la Grèce, le Portugal, l'Islande, Israël, les USA, les *campements de Paris* et bien d'autres capitales européennes. À cette heure, l'équipe initiale du SDN pense fortement, mais sans dire mot, aux pionniers de toute cette jeunesse que furent les Espagnols d'*Anonymous*, et les *Nolesvotes*, qui ont été les lanceurs d'alerte. Sans oublier le petit livre rouge : *Indignez-vous !* de Stéphane Hessel qui fit à son tour frissonner la France.

Aujourd'hui, tous ces mouvements assemblagistes animés et colorés, où l'on prône la démocratie directe et participative, font peur aux hommes politiques. Même si globalement les *indignés* sont des non violents, ils sont jugés comme des gens incontrôlables. Alerté par Leprôneur au téléphone, Montalgot de Bruxelles lui répond :

– Aie… je vais crouler sous les responsabilités ! Il faut songer à nous structurer au mieux et organiser des assises nationales au plus vite. Je rentre à Paris de suite, merci de venir me cueillir à la gare, stp. Pendant ce temps, à droite de l'échiquier politique, on se déchire dans une grande réunion houleuse au Sénat. Le changement de nom du parti UMPP au profit du NR (Nouveaux Républicains) n'a pas fait disparaître les appétits internes des douze prétendants. Parmi ceux-ci l'on distingue un *ex*-Président qui rêve de revenir à l'Élysée et l'*ex*-Premier ministre Duc d'Aquitaine depuis quarante ans.

Aux dernières nouvelles, ces deux *ex* ne se mesureront pas à la primaire interne au parti, mais à l'épée sur le pré, dans un petit matin d'hiver. Ce qui finalement coûtera beaucoup moins cher aux militants qui en ont assez de renflouer le parti, même si leurs chèques sont défiscalisés.

Finalement, il est fort à craindre que la prochaine nouvelle élection présidentielle démontrera que rien ne change dans le paysage politique français. Les jeunes n'ont toujours pas de place, tout comme étaient d'autres *indignés* Espagnols les plus célèbres, les *Juventud Sin Futuro.* (*les jeunesses sans avenir*)

Le grand chantier

Il s'agit maintenant de réparer au plus vite l'énorme parc informatique. Les Idées retenues par le *groupe de réflexion* Leprôneur/Daltho sont de se servir des *ateliers d'échanges informatique-numérique* qui sont dès maintenant présents dans tous les cantons de France. Une seconde idée pour dépanner l'informatique domestique est de former rapidement les jeunes des lycées techniques, afin qu'ils dépannent les familles et leurs amis. Ils vont avant toute chose, passer les machines au nouvel antivirus que trois fabricants spécialisés ont développé à partir des données du dossier cubain validé par une commission nationale pilotée par le Condisciple.

Le bilan informatique de tous ces mois de *la grande panne* du net démontre qu'il est plus simple pour une partie du parc national de le remplacer. Évidemment, cela a pour effet de faire flamber le commerce et rebondir les ventes. Sur le plan psychologique, le Big-virus a changé les mentalités qui s'envolaient depuis quelque dix ans vers un individualisme forcené. La disparition d'Internet et de ses applications multiples a permis une prise de conscience nationale et bénéfique du danger que représente la généralisation du « tout numérique débridé ». Cette *grande panne* a également développé l'entraide et la solidarité pour mettre en commun les problèmes rencontrés et les solutions à trouver collectivement.

À l'heure du retour sur le Net pour toute la population, on peut penser qu'il restera de cette grande aventure technique et humaine, la démonstration que la science et la technique ne sont pas infaillibles. Certes, nous le savons tous, mais nous l'oublions volontiers, qu'en technologie de pointe le risque zéro panne n'existe pas. Alors, que peut-il rester gravé dans nos esprits maintenant ? Le symbole d'une épée de Damoclès au-dessus de notre univers numérique, la nécessité d'un réseau de surveillants et d'un État plus vigilant, de promouvoir des solutions « normal secours », d'être des utilisateurs plus réfléchis.

Aussi le gouvernement devenu récupérateur d'idées vient-il d'accepter et de valider que le *groupe de réflexions* restera en veille permanente et animera les *Ateliers d'échanges informatiques numériques*.

La publication de guides-conseils est décidée et l'on imagine qu'une nouvelle loi intitulée *l'informatique raisonnable* sera proposée aux députés.

Par ailleurs, la mobilisation des jeunes pour le *climat 2050* reprend de la vigueur dans tout le pays et la France qui préside l'Europe entraine dans l'action les nations voisines…

En mairie, dimanche en fin d'après-midi…

Dans la charmante mairie normande de Saint Pierre de Manneville… En ce jour de mai 2024, soit treize mois après *la grande panne d'Internet*, par une journée froide, les Français sont invités à voter. Consciencieusement et en nombre, ils se doivent de se choisir enfin un nouveau Président de la République. Vers douze heures, les médias annoncent que le pourcentage de votants est proche de soixante-dix pour cent, c'est tout simplement hallucinant, comparé aux dix dernières années. En une année, le devoir républicain qui s'étiolait au fil des décennies vient de rebondir positivement, le peuple semble bien décidé à reprendre en main son destin. Il est vrai que la catastrophe numérique a secoué profondément le pays. Les débats citoyens ont été chauds et parfois virils dans les médias, les associations, les usines, les bureaux, les jardins publics, les rues. Les hommes politiques de tous bords ont été copieusement chahutés et beaucoup ont chuté de leurs piédestaux.

À l'Assemblée nationale et au Sénat, on dénombre trente-trois pour cent de démissions, le gouvernement et les deux Chambres d'élus ne légifèrent plus et seul le ministre de l'Intérieur (ami de Jeanne) gère encore l'ordre public. Depuis deux mois, chaque soir dans les grandes villes et en province devant les mairies et préfectures, de gigantesques manifestations spontanées s'autorégulent sans trop de heurts. Sur ces estrades, les idées et les concepts d'une VIe République ont la vedette et reconfigurent le prochain paysage politique.

Les multiples partis de gauche comme de droite ont éclaté et la simplification semble se dessiner avec deux seuls grands courants que sont Les Réformateurs et les Conservateurs. Les anciennes pratiques politiques sont révolues et chacun comprend que tout va se jouer avec cette nouvelle élection du président. Les sondages sont très contradictoires et les instituts semblent complètement perdus devant cette nouvelle donne politique d'un prochain probable bipartisme. Aussi, personne ne se risque-t-il à échafauder des prévisions de résultats de sortie des urnes.

Dans les villages perdus normands, là où historiquement les gens votaient au centre et depuis vingt ans très à droite, c'est une journée incertaine qui est vécue.

Déjà pendant les longs mois de pandémie, la pétanque empruntée aux Provençaux n'avait plus la même couleur et n'entraînait plus la même passion. Depuis ce matin, on s'arrête constamment de pointer et de tirer les boules pour palabrer sans cesse sur les derniers événements et les manifestations qui secouent les grandes villes. Ce soir, sur la place du village portant le nom d'un ancien maire apprécié, dans la fraîcheur étoilée de début de printemps, le bistrot du village a réouvert et propose un coup de cidre ou une petite mousse à ceux qui patientent et espèrent encore de voir renaître la gauche de leur jeunesse…

Les résultats des élections

À la mairie, le dépouillement se termine enfin, la salle municipale est remplie, le conseil municipal satisfait de sa prestation et du zéro incident commence à se détendre. Bernard et son copain Christian le radioamateur avaient décidé ce matin de se retrouver vers vingt heures à la proclamation des résultats de la commune.

Pour le moment ils sont encore attablés au bistrot et se racontent leurs souvenirs de la fameuse soirée électorale de l'an dernier où le ciel était tombé sur la tête des Français...Vous savez, cette *grande panne* d'électricité qui avait plongé une partie de la France dans le noir, Internet et sa farandole d'applications et d'icônes qui disparaissaient des Smartphones, des maisons, du tertiaire, des usines. Le réseau téléphonique de France Télécom qui devenait aléatoire et souvent inaudible. Puis ce fut, le retour chez soi dans la pénombre et à tâtons, le réseau de la protection civile des préfectures et les radioamateurs mis en état d'alerte, la disparition de la TV et des médias. Bref, la panique généralisée dans toute la France et malgré tout cela l'intervention optimiste du Président. Le lendemain, en découvrant combien la France était assujettie au tout numérique, le bilan était encore plus pathétique. Tout à coup, dans le fond du Cercle, le téléviseur surélevé fait entendre l'indicatif du JT.

Surpris, Bernard s'écrie :

– Il est déjà vingt heures ?

Le brouhaha s'estompe, le silence remplit le bar, les visages font un quart de tour et convergent vers le grand écran. Non, non, ce n'est pas seulement les résultats de Rouen et de l'OM qui jouait au PSG que l'on attend, mais surtout celui du premier tour des élections présidentielles. Les voici…

La gauche vire en tête de ce premier tour, mais surtout les partis de la droite laissent des plumes...

Songez qu'un ancien président qui rêvait encore d'un retour historique s'étrangle de son score étriqué et dissimule mal un fort courroux. Le Duc d'Aquitaine réfugié politique dans un beau bâtiment de la République s'interroge sur le prochain second tour. Un *ex* Premier ministre se plaint une nouvelle fois des Français si peu reconnaissants et que Jeanne et son amoureux s'imaginent déjà s'aimer en semaine à l'Élysée et aussi le dimanche à la Lanterne…

Cependant, pour dimanche prochain rien n'est fait, sauf que le peuple semble nettement souhaiter le changement, avec des hommes et femmes politiques plus vertueux, le tout dans une VIe République !

Les résultats satisfont les deux copains, lesquels ne sont plus très pressés de rentrer chez eux. La nuit noire enveloppe le village, les multiples étoiles tapissent le ciel. Celle du Berger, toujours très dominatrice, éclabousse de ses lumens ses petites sœurs pourtant méritantes. Les braves hirondelles exténuées s'immobilisent, pour apprécier la température encore douce.

, Bernard le bon vivant propose :

– À quoi bon maintenant se précipiter à la mairie. Ce soir il y a de la lumière, le téléphone fonctionne à merveille **et Internet est revenu**. Alors on a bien le temps !

Christian, le technicien communicant en ondes courtes et ce soir devenu un tantinet philosophe lui répond :

– Alors, reprenons un dernier coup de cidre !

Juin 2023… Épilogue

Après le coup de tonnerre politique des résultats du premier tour. Après la nouvelle campagne électorale du second tour qui fut très animée, d'autant que la résurrection d'Internet engendrait une forte excitation dans tout le pays. Le nouveau (elle) Président (e) propose aux deux chambres de la République totalement remaniées, un calendrier serré de mise en place de la fameuse VIe République, confirmée par un rapide référendum informatisé à la méthode Suisse…

Depuis déjà trois mois, le téléphone fixe est réparé. France Télécom a renforcé la sécurité des équipements. Restent les Smartphones et l'impatience des jeunes pressés de retrouver leurs réseaux sociaux, qui ont dû attendre un mois de plus pour leur remise en service. Finalement, la solution technique pour réparer ces matériels a été trouvée par le fameux Condisciple qui a réussi à modifier et alléger en profondeur le nouveau système d'exploitation Fsys, pour le rendre compatible avec ces petites merveilles du Net. Par ailleurs, il est évident que bon nombre de jeunes ont profité de *la grande panne* pour remplacer leurs équipements numériques, merci aux gentils parents !

Est-il besoin de préciser que les Asiatiques furent les grands gagnants de ce business de renouvellement…

Mais tout s'arrange...

En ce printemps 2024, avant la transhumance des vacanciers, la société a retrouvé son Net chéri. De nouveau tout va bien dans le pays, qui s'installe dans une nouvelle République. En quelques jours *la grande panne* est oubliée, les mordus du numérique reprennent leurs habitudes, le commerce et le business repartent en compétition. Les bonnes résolutions de vie sereine, d'entraide et d'échanges, de consacrer du temps à tous les arts, de pratiquer des sports et randonnées sont déjà envolés. Google et surtout TicToc mettent en ligne de nouveaux navigateurs et tous les surfeurs s'y précipitent trois heures par jour.
Bon nombre de Français retrouvent frénétiquement leurs soirées et les séries TV. Tous les adolescents redoublent d'ardeur sur leurs Smartphones et d'autres réseaux sociaux ou asociaux apparaissent. Un slogan fait fureur et se propage aussi rapidement que le Big-virus de l'année dernière.
Il est très simple et ne fait sourire que les anciens... Le voici :
« Si tu n'es pas sur Twitter avec une e-watch, c'est que tu as définitivement raté ta vie ! »

En fait, six mois seulement après le Big-virus, la toute nouvelle France avec sa VIe République, ressemble encore terriblement à la précédente...
Peut-être faut-il attendre encore un peu !

Bruno est de retour sur la toile.

Enfin, Bruno Becq est de nouveau devant son PC préféré. L'homme devenu pressé commence ses manipulations, sa toute première requête lui propose dix-huit pages de réponses à visiter, avec chacune vingt liens à parcourir. Dans tout ce fatras de choix multiples, il en choisit un comme s'il jouait à la loterie, parcourt le texte rapidement, lequel à lui seul répond presque totalement à sa question. En somme, s'il était raisonnable, il pourrait se contenter de cela et fermer sa machine. Sauf que l'homme est curieux et qu'il veut se réconforter et en savoir encore un peu plus, il va donc se mettre à cliquer ardemment sur les autres liens qui lui sont proposés.

À ce stade va commencer le début du périple de Bruno, branché depuis quinze minutes sur Internet pour une banale question. Notre internaute vient de basculer dans l'enfer de la Toile qui s'ouvre devant lui à tombeau ouvert. Sur chaque nouvelle page, on lui propose quantité d'autres sujets et aventures qui vont l'emmener aux antipodes de sa question initiale. Les choix sont tellement vastes et intéressants, que Bruno est conscient qu'il ne peut pas lire les quarante-deux pages de réponses. Alors, sagement, il décide de mettre quelques-unes de ces pages dans ses favoris pour revenir sur celles-ci le lendemain.

Son épouse vient de l'appeler au repas pour la troisième fois, mais rien n'y fait, l'internaute est totalement débranché du monde réel. Seul le surf est important pour lui, au point d'oublier tout le reste, femme, enfants, l'heure du repas, sa promesse de vaisselle est aussi complètement oubliée. Tout en continuant de surfer, il engloutit en bougonnant et là aussi à tombeau ouvert, le plateau-repas que sa charmante épouse vient amoureusement de lui apporter. Alors, pour se racheter aux beaux yeux de sa femme, il l'informe qu'il vient de lui commander une formidable nouvelle cafetière. Bruno ne réagit même pas lorsqu'elle lui réplique :

– Elle aussi, c'est une *Google's* cafetière ?

Totalement dans son surf, n'entendant plus rien et ne ressentant plus rien, Bruno est pris au piège de la Toile dans laquelle il s'est enfermé. Devenu incapable de réagir aux heures qui passent, à la nuit qui est tombée depuis belle lurette. Pourquoi est-il venu sur le Net ? Depuis quelle heure est-il sur Internet ?

Il a manifestement tout oublié. Mais alors, que cherche-t-il encore sur cet écran lumineux où défilent des milliers d'images et où de surcroît, des musiques agressives jaillissent et l'encombrent encore un peu plus ?

Son clic est maintenant machinal et incontrôlé, l'homme est ivre d'informations superflues.

Finalement, l'appellation Toile attribuée au Net, est totalement justifiée, l'analogie avec l'araignée qui tisse sa toile pour capter et emprisonner les insectes qui errent dans les environs est très forte. Encerclés, ceux-ci deviennent fous de tourner en rond, de ne pouvoir sortir de la nasse, pour finalement être dévorés par la tisseuse tapie dans l'ombre. Ici, le surfeur remplace la mouche, il est perdu dans les choix multiples offerts par le système, les liens sur lesquels il clique n'apportent rien de plus, la saturation est atteinte, la tête lui tourne, il va et vient et s'enferme de plus en plus dans la toile, le découragement le guette puis l'atteint. Seul le sommeil aura raison de notre surfeur exténué.

Voilà six heures qu'il navigue, dans une soirée de perdue et une nuit abrégée. Il n'a pas assisté au coucher de ses enfants, sa femme endormie n'a pas eu droit au câlin, les corps sont restés désunis… Demain, il remettra le couvert, car il a mémorisé dans ses *favoris* la bagatelle de treize sites intéressants sur lesquels il s'est promis de revenir, presque en urgence. Bruno très épuisé décide d'appuyer sur le *off*, de rejoindre sur la pointe des pieds le lit conjugal. Mais en réalité, il mettra encore une heure à se débrancher cérébralement du Net en ressassant ce qu'il a fait, ce qu'il n'a pas fait, ce qu'il aurait dû faire.

À l'extrémité, sa nuit sera mauvaise et courte. Demain matin, il aura la tête à l'envers… jusqu'à ce que sa femme mécontente de sa vie conjugale et le trouver endormi devant son bol de café du matin, lui dise :

– Tu ne le sais pas encore Bruno, mais hier je me suis décidée à prendre un rendez-vous avec Anne…

Silence…

L'homme ouvre un œil encore mi-clos et demande :

– Qui est donc Anne ?

– Mais c'est mon avocate, Bruno !

PS : On vient d'apprendre par le dernier journal officiel que le gouvernement considérant le bon état sanitaire de la France, mais aussi du retour d'Internet sur tout le territoire, vient de décider que les JO de France se dérouleront bien comme prévu en 2024…

Venez échanger avec l'auteur… ses autres livres sont sur le site : http://christian-becquet.fr

Son email : oukala@hotmail.com

Aout 2022

www.ingramcontent.com/pod-product-compliance
Lightning Source LLC
LaVergne TN
LVHW041808060526
838201LV00046B/1173